*Bianca*™

*Amor ba...*

Cathy Williams

HARLEQUIN™

Editado por HARLEQUIN IBÉRICA, S.A.
Núñez de Balboa, 56
28001 Madrid

I.S.B.N.: 978-84-671-9996-3
Depósito legal: B-11371-2011
Editor responsable: Luis Pugni
Preimpresión y fotomecánica: M.T. Color & Diseño, S.L.
C/ Colquide, 6 portal 2 - 3º H. 28230 Las Rozas (Madrid)
Impresión en Black print CPI (Barcelona)
Imagen de cubierta: STEPHEN ORSILLO/DREAMSTIME.COM
Fecha impresion para Argentina: 21.11.11
Distribuidor exclusivo para España: LOGISTA
Distribuidor para México: CODIPLYRSA
Distribuidores para Argentina: interior, BERTRAN, S.A.C. Vélez
Sársfield, 1950. Cap. Fed./ Buenos Aires y Gran Buenos Aires,
VACCARO SÁNCHEZ y Cía, S.A.
Distribuidor para Chile: DISTRIBUIDORA ALFA, S.A.

OCT - 2011

# Capítulo 1

**N**O, NO y no. Me niego a tener a esa mujer cerca. ¿No has visto que tiene bigote? –dijo James Greystone, de setenta y dos años, que desde su silla de ruedas contemplaba por el ventanal los terrenos de su propiedad–. ¡Cómo se te ocurre que pueda soportarla! –concluyó, mirando airado a su ahijado quien, con las manos en los bolsillos, se apoyaba contra la pared.

Andreas suspiró y fue hacia él. El sol del final del verano acariciaba los prados que se extendían ante su vista sobre un paisaje de apacible belleza.

Nunca olvidaba que todo ello, el terreno, la mansión, cada uno de los bienes que su padre no se habría podido permitir ni en sueños, eran suyos gracias a la generosidad de James Greystone, quien había contratado a su padre como chófer y jefe de mantenimiento en un tiempo en el que era imposible para un inmigrante encontrar trabajo. Dos años más tarde, había dado también cobijo a su madre. Y, no teniendo hijos propios, cuando Andreas nació, lo trató como si lo fuera, pagando los colegios más prestigiosos, en los que Andreas había desarrollado su precoz y excepcional talento.

Andreas podía recordar a su padre sentado en el salón en que se encontraban en aquel momento, jugando al ajedrez con James mientras el café se enfriaba sobre la mesa. Andreas debía todo lo que tenía a su padrino, pero su relación con él iba mucho más allá que el sentido del deber. Andreas adoraba a su padrino a pesar de que podía ser un cascarrabias y de que, desde que estaba enfermo, se había vuelto insoportable.

—Hemos entrevistado a veintidós personas, James.

Su padrino emitió un gruñido y guardó silencio mientras Maria, la leal sirviente que trabajaba para él desde hacía quince años, le daba una copa de oporto que, en teoría, el médico le había recomendado no consumir.

—Ya lo sé. Hoy en día es imposible encontrar un buen trabajador.

Andreas no quiso reír la broma de su padre porque no quería darle pie a que criticara el proceso de selección. Lo cierto era que no quería necesitar una cuidadora, alguien que le ayudara a hacer la rehabilitación, que se ocupara ocasionalmente de la administración y que lo sacara de casa de vez en cuando. De hecho, no soportaba la silla de ruedas a la que se veía abocado temporalmente, y menos aún, tener que pedir ayuda o que le hubieran puesto un régimen. Todo ello se reducía a que no podía asumir que había sufrido un ataque al corazón y que, por el momento, tenía que guardar reposo. Había vuelto locas a las enfermeras en el hospital y llevaba días boicoteando la selección de una ayudante personal.

Entre tanto, Andreas había tenido que hacer un parón en su vida. Acudía a la oficina en helicóptero cuando su presencia era imprescindible, pero prácticamente estaba instalado en la mansión, trabajando por correo o videoconferencias y alejado de la vida de ciudad a la que estaba acostumbrado. Somerset era un lugar muy hermoso, pero para su gusto, demasiado alejado del ajetreo urbano.

–¿Te aburre mi compañía, Andreas?

–No es eso, sino que es frustrante que eches por tierra a cualquier candidata con excusas ridículas: o te parecen demasiado débiles para llevar una silla de ruedas, o no lo bastante listas, o demasiado gordas, o demasiado flacas... ¡Y ahora el problema es que tiene bigote!

–¡Qué buena memoria! –exclamó James, triunfal–. Veo que comprendes mi dilema –dio un sorbo al oporto mientras miraba a su ahijado de soslayo, preparándose para el siguiente ataque.

–A mí me ha parecido una buena candidata –comentó Andreas–. Mañana vienen cuatro más, pero en mi opinión, está entre las mejores que hemos visto hasta el momento.

Andreas estaba seguro de que la eficaz agencia que estaba haciendo la preselección iba a acabar por perder la paciencia, y entonces ya no sabría a quién recurrir.

Era la primera vez que se alejaba del trabajo durante tanto tiempo. Las grandes empresas no se gobernaban solas, y su imperio tenía tantos tentáculos que dominarlo exigía la habilidad de un malabarista.

Eso en principio a él no le importaba. De hecho, su carrera se había distinguido por su inteligencia y su talento a partes iguales. Rechazando la ayuda de su padrino, se había embarcado en una carrera propia en la Bolsa, y pronto había reunido el capital necesario como para abandonar el inestable mercado de valores y establecer su propia compañía. En diez años se había hecho un nombre en el campo de las fisiones y las adquisiciones empresariales. Además de una empresa de publicidad, era dueño de una cadena mundial de floristerías, tres empresas de comunicación y una de ordenadores que lideraba el mercado de Internet. Su astucia le había permitido esquivar la recesión y era consciente de que dentro del mundo empresarial lo consideraban prácticamente intocable. Una reputación de la que se enorgullecía.

Sin embargo, para él lo importante era que nunca había olvidado que el privilegiado estilo de vida del que había partido había sido un regalo de su padrino, y desde muy joven había tomado la determinación de alcanzar por sí mismo ese mismo estatus. Para ello, había tenido que llegar todo lo demás a un segundo plano. Sobre todo, las mujeres y más concretamente las que, como su novia del momento, empezaban a exigir un lugar más preeminente.

Andreas se había reunido a cenar con su padrino con la mente ocupada por un acuerdo pendiente con una pequeña compañía farmacéutica del norte, un mercado que hasta el momento no había tocado y que por ese mismo motivo le resultaba especialmente atractivo.

Pero su preocupación principal era resolver el problema de la acompañante de su padrino, así como elegir la mejor manera de cortar con Amanda Fellows.

–Vas a tener que rebajar tus expectativas –dijo a James mientras les retiraban los platos–. No vas a encontrar a la persona perfecta.

–Y tú deberías conseguirte una buena mujer –replicó James con brusquedad.

Andreas sonrió porque estaba acostumbrado a que su padrino se entrometiera en su vida privada.

–Resulta que ya la tengo –dijo, decidiendo posponer el tema para evitar irritarlo.

–¿Una de tus bellezas sin cerebro?

Andreas fingió reflexionar mientras hacía girar el vino en la copa sin dejar de sonreír.

–¿Quién quiere una mujer con cerebro? Después de un día de trabajo, lo único que quiero oír de ellas es «sí».

Tal y como había previsto, su padrino lo miró horrorizado y empezó una de sus peroratas sobre la necesidad de que sentara la cabeza, cuando sonó el timbre de la puerta, un timbre que reverbera en toda la mansión con la sonoridad de la campana de una iglesia.


Fuera, Elizabeth pensó que el timbre era perfecto para aquella casa, lo cual no significaba que no estuviera nerviosa. De hecho, se había pasado varios minutos con el dedo sobre el botón antes de finalmente reunir el valor suficiente como para presionarlo.

El taxi que la había llevado hasta allí, se había marchado ya, así que no tenía forma de volver si es que no había nadie en la casa. Era uno de tantos otros detalles que no se había parado a pensar.

Pero había tantos otros que sentía un nudo en el estómago y para relajarse, utilizó la técnica de respiración profunda que solía usar cuando necesitaba calmar los nervios.

Estaba tomando aire cuando abrió la puerta una mujer menuda, de unos sesenta años, con el cabello oscuro recogido en un moño y ojos atentos.

–¿Sí?

Elizabeth tragó saliva. Había tardado horas en elegir el vestido floreado, la rebeca y las sandalias planas que se había puesto. Con su largo cabello color caoba, siempre indomable, había hecho el esfuerzo de hacerse una trenza que le colgaba hasta la cintura. Aunque tenía un aspecto presentable, no se sentía lo bastante segura, de hecho, estaba tan nerviosa como dos meses atrás, cuando había tomado la decisión de seguir aquel plan de acción.

–He... he venido a ver al señor Greystone.

–¿Tiene cita?

–Me temo que no. Puedo volver en otro momento si es que... –recordó haber visto una parada de autobús a unos kilómetros de distancia. Retorció la correa del bolso a la altura del hombro con gesto nervioso.

–¿La envía la agencia?

Elizabeth miró a la mujer, desconcertada. ¿Qué agencia? ¿Para qué? Empezó a marearse. Todo lo que sabía de James Greystone procedía de Internet. Conocía su aspecto y su edad. También que era rico, aunque hasta que no vio la casa no supo hasta qué punto. No tenía mujer ni hijos. Además, había averiguado que hacía años que se había retirado del próspero negocio de construcción que había heredado de su abuelo y que vivía como un recluso. Para ser un empresario de tanto éxito, la información que había podido recabar era limitada, y eso le había hecho deducir que siempre había mantenido un perfil discreto.

No tenía ni idea de a qué agencia se refería la mujer.

–Mmm –se limitó a decir. Pero debió servir como respuesta porque la mujer abrió de par en par y le hizo pasar a un vestíbulo que la dejó paralizada.

Un grandioso suelo de baldosas blancas y negras conducía a una elegante escalera central que tras un primer rellano se dividía a derecha e izquierda. Los cuadros, en lujosos marcos dorados, mostraban escenas rurales tradicionales. Aquella casa no tenía habitaciones, sino alas.

¿Qué le habría hecho pensar que el mejor plan era ir en persona a conocerlo? ¿Por qué no habría escrito una carta como habría hecho cualquier otro en su misma situación?

Volvió al presente al darse cuenta de que el ama de llaves se había detenido frente a una puerta y la miraba inquisitivamente.

–El señor Greystone está tomando café en el comedor. Espere un momento, por favor. ¿A quién debo anunciar?

Elizabeth carraspeó.

–Señorita Jones. Elizabeth Jones. Mis amigos me llaman Lizzy.

Esperó exactamente tres minutos y cuarenta segundos, como supo porque miró el reloj constantemente al tiempo que su nerviosismo se disparaba. Entonces llegó la mujer y la guió hasta al comedor.

Elizabeth no tenía ni idea de lo que la esperaba. Llegó un momento en que dejó de contar el número de habitaciones que pasaban. Cuando por fin entraron en el comedor, el ama de llaves desapareció discretamente y Elizabeth se encontró cara a cara no sólo con James Greystone, sino también con otro hombre que, de espaldas, miraba por la ventana.

Elizabeth se quedó sin aliento cuando se volvió, y por unos segundos olvidó el motivo de su visita. La luz dorada del atardecer lo iluminaba desde detrás, recortando a contraluz su cuerpo alto y fuerte, vestido con vaqueros y una camisa de manga corta, abierta en el cuello. No parecía inglés, y si lo era, su sangre debía tener genes de una procedencia exótica que se reflejaba en su piel de bronce y en sus ojos y su cabello, negros como el azabache.

Su rostro de facciones cinceladas era a un tiempo hermoso, frío e increíblemente magnético. Elizabeth tardó unos segundos en darse cuenta de que él la estudiaba tan atentamente como ella a él, y que James Greystone los observaba a ambos con curiosidad.

Apartó sus ojos del desconocido con la sensación de acabar de bajar de una montaña rusa a una velocidad supersónica.

–Señorita Jones... No sé si estaba en la lista de la agencia. ¡Qué incompetencia! Seguro que no la habían incluido.

Elizabeth se volvió hacia la razón de su visita. James Greystone presentaba un aspecto imponente, con un denso cabello gris plateado, sus penetrantes ojos azules y la actitud de un hombre nacido en un mundo privilegiado. Verlo en una silla de ruedas la tomó de sorpresa y dedujo que la mención de la agencia estaba relacionada con ello.

Abrumada por la presencia del hombre próximo a la ventana, Elizabeth no conseguía poner sus pensamientos, y aun menos sus palabras, en orden. Aquélla no tenía nada que ver con la imagen que le habría gustado dar.

–¿Su currículum? –Andreas decidió entrar en acción.

La última candidata de la agencia parecía un ser frágil, una chica que apenas podía expresarse, que se ruborizaba y se asía a la correa de su bolso como si fuera un salvavidas.

–¡Deja hablar a la chica, Andreas! Este hombre tan abrumador, por cierto, es mi ahijado. Ignórelo.

Pedirle que lo ignorara era como decirle a un andador con una pierna ensangrentada que no prestara atención a un tiburón próximo, pero Elizabeth apartó la mirada de él y se acercó al hombre de la silla de ruedas.

–Lo siento. Me temo que no he traído un currículum –se puso en cuclillas para estar al mismo nivel que James–. ¿Le importa que le pregunte por qué está en silla de ruedas?

Un silencio cargado acogió su pregunta hasta que James Greystone soltó una carcajada.

–¡Se ve que no te gusta irse por las ramas! ¡Póngase de pie! –James la inspeccionó como un domador lo haría con un caballo.

–Lo siento –susurró ella–. Debo parecerle una grosera. Mi madre estuvo enferma los dos últimos años de su vida y lo odiaba.

–Siento interrumpir, pero... –Andreas se colocó detrás de su padrino y de frente a ella– ni trae un currículum, ni sabía que mi padrino estaba en silla de ruedas. ¿Puede saberse de qué le ha informado la agencia, señorita...?

–Jones... Elizabeth –dijo ella, aunque estaba segura de que no había olvidado su nombre.

Era evidente que tenía una actitud extremadamente protectora respecto a su padrino y que no tenía ningún problema en expresar su desconfianza aunque con ello la ofendiera.

–No me manda la agencia.

–Muy bien. Entonces supongo que ha sabido que la plaza estaba vacante a través de un conocido, y ha decidido pasarse por si tenía suerte. ¿Me equivoco?

Andreas la sometió a una mirada crítica y la vio cambiar de color, del rubor a la palidez, y de nuevo al rubor. Era el vivo reflejo de la inocencia, el tipo de persona a quien le gustaba cuidar de los demás. Pero Andreas no estaba dispuesto a correr riesgos. James era un hombre rico y eso podía atraer a cazafortunas Al menos las mujeres que enviaba la agencia habían pasado por un estricto proceso de preselección, tal y como él había exigido para evitar problemas. Así que no estaba dispuesto a dejarse engañar por una mujer de la que no sabía nada y que se había acercado a probar suerte sin ni siquiera concertar una cita previa.

Elizabeth lo miró en silencio con sus ojos verdes desorbitadamente abiertos mientras se mordisqueaba el labio inferior.

–¡Andreas, deja de atosigar a la chica!

Andreas contuvo un gruñido de desesperación. Era típico de James haber criticado a todas las candidatas y en cambio defender a una mujer de la que no tenían referencias.

–No estoy atosigándola –dijo–. Sólo intento recabar información

–¡Información, información! ¡Al menos ésta no tiene bigote!

Elizabeth rió, pero una mirada de reprobación de Andreas le hizo ponerse sería y agachar la cabeza.

–Y además tiene sentido del humor. Tú, por el contrario, cada vez tienes menos. Es la primera candidata que me gusta.

–Sé sensato, James.

–Empiezo a sentirme un poco mareado, Andreas –James giró la silla de ruedas para mirar a Elizabeth de frente–. Está contratada. ¿Cuándo puede empezar?

–¡James!

–Andreas, no olvides lo que dijo el médico sobre el estrés. Ahora mismo, me estás estresando, así que será mejor que me vaya a la cama. Querida, me encantaría que aceptara el puesto –sonrió con tristeza–. Los últimos tiempos han sido espantosos: he sufrido un ataque al corazón y encontrar a una ayudante adecuada para liberar a mi ahijado de la responsabilidad de cuidar de mí ha sido una tortura.

A Elizabeth le hizo gracia la sutileza con la que criticó a su ahijado.

–Por supuesto que acepto el puesto –dijo tímidamente. Y la cara de alivio del anciano le levantó el ánimo.

–Magnífico. Andreas se hará cargo de los detalles. Espero verla pronto, querida –concluyó James, y salió de la habitación.

Elizabeth oyó que llamaba a Maria, y luego el sonido de pasos dubitativos. A su pesar, se volvió hacia Andreas, al que había conseguido ignorar mientras hablaba con James Greystone aunque eso no le había impedido percibir su irritación. Pero tenía que mirarlo directamente, y el impacto que le causó no fue menor que cuando había posado los ojos por primera vez en él.

–Enhorabuena –dijo él con sorna.

Elizabeth se quedó sin palabra al ver que la rodeaba como si fuera un depredador a punto de atacarla. Andreas se detuvo delante de ella.

–Ahora empieza la verdadera entrevista. Puede que

haya podido engañar a mi padrino fácilmente, pero a mí no. Sígame –se marchó sin dudar por un instante que ella, tal y como hizo, le obedecería–. Siéntese –dijo cuando llegaron al salón, una habitación tan impresionante como el resto de lo que Elizabeth había visto.

–Le rogaría que dejara de darme órdenes, señor...

–Puede llamarme Andreas.

–Estoy dispuesta a contestar sus preguntas –«dentro de un límite» añadió, para sí–. No pretendo causar ningún problema.

–Si es así, no hay razón para que nos llevemos mal. Pero si descubro que me engaña, le aseguro que la estrangularé con mis propias manos

–Ésa es una amenaza horrible.

–No me importa que piense que soy horrible.

–¿Es ése el trato que han recibido todas las candidatas?

–Todas las demás venían a través de la agencia y podían proporcionar todo tipo de referencias y recomendaciones. En cambio usted ni siquiera ha traído un currículum.

Elizabeth nunca había conocido a un hombre como aquél, tan increíblemente guapo y tan arrogante. Un hombre acostumbrado a chasquear los dedos y ser obedecido. En aquel instante la observaba con ojos entornados, y Elizabeth decidió que no le gustaba. Pero aun así no se dejaría amedrentar por él. Para presentarse en aquella casa había tenido que hacer acopio de valentía, y no estaba dispuesta a perder la oportunidad que tan inesperadamente se le había presentado.

–Estoy esperando –insistió Andreas, mirándola de

arriba abajo–. ¿Tiene referencias? –se acercó hasta proyectar su sombra sobre ella antes de sentarse a su lado.

–Tengo formación de secretariado –dijo Elizabeth tras carraspear–. Estoy segura de que mi jefe, el señor Riggs, estará dispuesto a escribir una carta de recomendación.

–¿Y dónde trabaja exactamente?

–En Londres.

–¿Cómo se llama la compañía?

Elizabeth empezó a explicarle lo que hacía en Riggs and Son, que era un pequeño bufete de abogados con oficinas cerca de la aeropuerto, pero Andreas alzó la mano para detenerla.

–No necesito conocer la historia de la compañía. ¿Por qué quiere dejar su trabajo en el despacho para venir a hacer compañía a un hombre mayor?

Era una buena pregunta para la que Elizabeth no tenía repuesta, así que se limitó a decir algo inconexo sobre la necesidad de un cambio en su vida.

–Hable más alto –le exigió Andreas–. No la oigo.

–¡Es que me está poniendo nerviosa!

–Me alegro. Me gusta la gente con nervio. Ahora hable claramente y diga por qué quiere el puesto.

–Me gusta cuidar de la gente –Elizabeth lo miró titubeante. Él frunció el ceño y apartó de su mente la idea de que tenía los ojos verdes más puros y diáfanos que había visto en toda su vida–. Cuidé de mi madre los dos años previos a su muerte y, en lugar de una carga, lo viví como una experiencia valiosa. Creo que nuestros mayores se merecen que les atendamos.

–¿Y por qué no se hizo enfermera?

La mirada fija de Andreas perturbaba a Elizabeth,

impidiéndole proyectar la imagen de seguridad que la situación requería.

–¡Vamos, señorita Jones! –se impacientó Andreas–. Esto es un entrevista y apenas es capaz de hilvanar una respuesta coherente. ¿Cómo voy a creerla capaz de ocuparse de mi padrino, un hombre inteligente y extremadamente capaz a pesar de estar reducido a una silla de ruedas? ¿Cómo va a convencerme de que puede tratar con él, supervisar su comida y animarle a hacer ejercicio a diario? ¿No se da cuenta de que necesito alguien con personalidad, que no se deje manipular? ¿No entiende que probablemente haya sido su actitud de ratoncito desvalido lo que le ha convencido de que es su candidata ideal?

A Elizabeth le indignó la ofensiva comparación. Pero antes de que pudiera defenderse, Andreas continuó:

–Puede que a James le haya seducido con su aire de inocencia, pero a mí no. Desde mi punto de vista, no es más que una cazafortunas en potencia.

–¡No tiene derecho a acusarme de...!

–Claro que lo tengo. Cuido del bienestar de mi padrino, y no estoy dispuesto a confiárselo a una desconocida que sólo puede proporcionarme su nombre y una estudiada habilidad para sonrojarse.

Elizabeth se puso en pie con toda la dignidad de que fue capaz.

–No tengo por qué consentir que me insulte. No me interesa el dinero de su padrino. Estoy segura de que ha entrevistado a muchas personas cualificadas, pero si el señor Greystone quiere darme una oportunidad, también debería dármela usted.

–¿Y si no es así?

Elizabeth no supo qué responder. Tras la muerte de su madre había solicitado una baja temporal durante la que había planeado ir a visitar a James Greystone. Pero al descubrir que necesitaba alguien que cuidara de él y presentarse la oportunidad de ser ella misma, no podía soportar la idea de perderla.

–No lo sé –dijo, encorvándose en un gesto de abatimiento.

–¿Cómo murió su madre? Debía de ser relativamente joven.

El cambio de tema desconcertó a Elizabeth. Tras una pausa, explicó que había fallecido a causa de un cáncer. Para cuando acabó su historia, notó que los ojos se humedecían y buscó un pañuelo en el bolso, pero Andreas se adelantó, poniéndole uno en la mano.

–Lo siento –balbuceó–. Estábamos muy unidas. No tengo hermanos y mi madre... era adoptada.

Andreas fue hacia la ventana y Elizabeth le agradeció mentalmente que no hiciera ningún vacío comentario de condolencia.

–Está bien –dijo él bruscamente–. Éste es el trato: la acepto durante un período de prueba durante el que voy a tenerla permanentemente vigilada. Me informará al menos un par de veces a la semana y espero ver que mi padrino cumple con su programa de ejercicios. James lleva años escribiendo sus memorias, así que sus habilidades como secretaria pueden ser de utilidad.

Elizabeth asintió, agradecida al tiempo que impactada por la fuerza que Andreas transmitía. Por más irritante que le resultara, no podía negar que tenía un magnetismo irresistible.

Verlo caminar hacia ella y chasquear los dedos, la sobresaltó.

–¿Hola? ¿Me escucha?

–Perfectamente.

–Bien. Mi gente se pondrá en contacto con usted mañana para firmar el contrato. Si después del período de prueba estoy satisfecho, le haré un contrato indefinido. Si no, se marchará. ¿Está claro?

–Completamente.

–¿Cuándo puede empezar?

–Inmediatamente. Bueno, aunque tengo que recoger mis cosas de Londres.

–Deme la dirección y yo lo organizaré.

–¿Seguro?

–Siempre estoy seguro –dijo Andreas con arrogancia–. ¿Dónde se aloja esta noche?

–En un hotel.

–Muy bien. Le diré a Maria que llame a un taxi. Esté mañana aquí a las diez en punto –Andreas fue hacia la puerta y salió sin despedirse.

Elizabeth tuvo que sentarse porque las piernas le temblaban. Jamás hubiera imaginado que pudiera pasar algo así. Cerró los ojos y respiró profundamente por primera vez desde que entrara en aquella casa. Era una lástima que Andreas formara parte del trato, pero incluso eso resultaba un detalle insignificante comparado con la increíble suerte de tener por fin la oportunidad de conocer y trabajar junto a su padre.

# Capítulo 2

ELIZABETH había crecido sin saber apenas nada de su padre y pronto se había dado cuenta de que era mejor no hacer repreguntas sobre él. Con los años, cuando en el colegio le preguntaban si sus padres estaban divorciados, había aprendido a encogerse de hombros y a cambiar de tema.

Si ése hubiera sido el caso, no habría tenido nada de particular, puesto que lo estaban la mayoría de los padres de sus amigos. Algunos tenían tantos hermanos y hermanas de los distintos matrimonios de sus padres, que era imposible llevar la cuenta.

De lo único que estaba segura era de haber heredado el color de pelo de su padre, ya que su madre era completamente rubia, así que su tono caoba debía de proceder de otros genes.

Entonces su madre, Phyllis, murió, y todas las preguntas que Elizabeth se había hecho a lo largo de los años encontraron respuesta en una vieja caja de cartón escondida en un baúl, en el ático de la casa. Allí encontró algunas fotografías, cartas y, sobre todo, un nombre. Con la ayuda de Internet descubrió que su padre estaba vivo, que residía en Somerset y que su esposa había muerto años atrás.

Haciendo un somero cálculo, Elizabeth dedujo que, con treinta y dos años, su madre había pasado a engrosar la larga estadística de mujeres que se quedaban embarazadas de hombres casados. ¿Habría sufrido? ¿La habrían criticado aquéllos que se alegraron de que la explosiva belleza recibiera una buena dosis de cruda realidad? Nunca lo sabría, pero sí sabía que su padre había desaparecido de sus vidas.

Con aquella información en su poder había reflexionado largamente hasta llegar a la conclusión de que quería conocer al padre que nunca había conocido. Y aunque no había trazado un plan detallado, decidió que salir de Londres sería su primer paso. El tiempo que había pasado cuidando a su madre mientras hacía equilibrios para conservar su trabajo la habían dejado exhausta. Así que, cuando Phyllis finalmente murió, la idea de marcharse de Londres y dejar la pequeña habitación con cocina incorporada a la que se había tenido que mudar se había presentado como un atractivo cambio.

Lo único que había tenido claro era que no pensaba presentarse ante su padre y anunciarle que era su hija. Y dadas las circunstancias en las que acababa de encontrarlo, se reafirmó en esa postura. Su padre estaba enfermo y no podía correr el riesgo de que recibir una noticia impactante empeorara su situación.

El pequeño fajo de cartas incriminadoras permanecía en el cajón de su ropa interior como una bomba de relojería.

Las semanas precedentes le habían servido para ir conociendo a su padre. Y a pesar de que tenían personalidades muy distintas, habían encajado sin ninguna dificultad. La dulzura de ella suavizaba la personalidad irascible de él, y los años de práctica cuidando a su madre la habían preparado para los destellos de ira de los enfermos que se resistían a aceptar su condición. Por fortuna, y al contrario que su madre, James se estaba recuperando.

También jugaba a su favor el hecho de que sintiera una inmensa curiosidad por la vida de James, lo que a su vez llenaba a éste de satisfacción porque le permitía explayarse contando todo tipo de batallas.

Lo que Elizabeth no conseguía decidir era cuándo o cómo darle la noticia. En parte, porque temía por su salud, pero también porque le preocupaba cómo reaccionaría. ¿Querría tenerla cerca? ¿Le seguiría cayendo bien? Por encima de todo, temía que James sintiera que lo había engañado, y cada vez que intentaba pensar la explicación que le daría se sentía confusa y perdida.

Por eso actuaba como si el problema no existiera, y decidió que algún día, cuando la ocasión se presentara, reuniría el valor suficiente como para no seguir posponiéndolo.

Con esa resolución, cruzó su dormitorio y miró por la ventana, desde la que se contemplaba una vista que cortaba la respiración. Para alguien que había vivido en una barriada en la que las casas parecían incrustarse unas en otras, los prados que se extendían ante sus ojos eran como una porción del paraíso. Era una lástima que su secreto proyectara una sombra de preocupación sobre él; y también era perturbador el efecto que Andreas tenía sobre ella aun cuando estuviera a cientos de millas de distancia.

Además de obligarla a mandar un informe diario por correo electrónico, la llamaba para interrogarla como si fuera un inquisidor en busca de herejes. Le hacía preguntas-trampa, en las que ella a veces caía si no estaba lo bastante alerta, a menudo dejaba deslizar comentarios que no eran más que velados insultos, y jamás dejaba pasar la oportunidad de recordarle que desconfiaba de sus verdaderos motivos.

Elizabeth frunció el ceño y fue al cuarto de baño. Solía aprovechar la siesta de James para darse un baño, ir a pasear por el jardín, leer un libro o contestar su correo. Una de las primeras cosas que Andreas le había dado fue un ordenador portátil.

«Así no tendrá excusas para no escribirme», le había dicho con su habitual frialdad. «Espero que me mande un informe a diario».

Pero lo peor de todo eran las visitas, que eran frecuentes y a menudo, inesperadas, y que siempre, siempre, la dejaban echa un manojo de nervios.

Andreas conseguía hacer sentir su presencia de una manera sutil y apabullante a un tiempo. ¿Por qué siempre le hacía alguna pregunta que la dejaba sin palabra? Cada vez que la miraba con aquellos espectaculares ojos oscuros, sentía que se mareaba y que la cabeza le daba vueltas, y al instante empezaba a tartamudear.

Así que se había convertido en una experta en evitarlo. Iba de compras porque recordaba súbitamente algo que necesitaba y volvía justo a tiempo de darse un baño. Luego se reunía con los hombres para cenar, donde intentaba pasar desapercibida y se estremecía cuando James cantaba sus alabanzas. En cuanto podía, se excusaba y se retiraba.

Una vez Andreas se asentaba en su mente, era imposible librarse de él. Su memoria parecía atrapada en el recuerdo de su tez cetrina, su mirada alerta, sus labios sensuales...

Salió del cuarto de baño acalorada y sonrosada por el agua caliente y el vapor, envuelta en un albornoz, y se encontró de frente a Andreas, apoyado indolentemente en el marco de la puerta. La visión fue tan inesperada que por un momento pensó que se trataba de una alucinación.

Pero el espejismo adquirió visos de realidad cuando Andreas habló:

–He llamado –dijo, como si eso justificara que hubiera entrado.

Elizabeth se puso roja y se quedó mirándolo hasta que Andreas sacudió la cabeza con impaciencia y dio unos pasos hacia ella, entornando la puerta tras de sí.

–¿Qué hace aquí? –preguntó Elizabeth con voz aguda.

En teoría no iba a visitarlos hasta el fin de semana.

Andreas no supo si le hacía gracia o si le irritaba la obvia incomodidad de Elizabeth. Nadie podía acusarla de fingir que le agradaba su compañía. De hecho, estaba seguro de que, si hubiera tenido una varita mágica, le habría hecho desaparecer. Pero él había llamado a la puerta, y en su opinión, eso le daba derecho a entrar aunque no hubiera recibido respuesta.

En cualquier caso, no estaba allí para una visita de cortesía, y no estaba dispuesto a darle tiempo de reaccionar y escabullirse hasta que supiera que era seguro aparecer, con toda seguridad cuando llegara la hora del té de James.

–He venido a verla –dijo en tono amable–. Quería verla a solas. ¿No le halaga? –miró a su alrededor con curiosidad–. Aunque parezca increíble, no había estado nunca en esta habitación. Es un poco recargada, la verdad. La cama con dosel y cortinas es el sello de Portia.

Concluida la inspección, volvió la mirada hacia Elizabeth, que lo observaba con inquietud.

–¿Qué quiere? –preguntó ella, intentando no pensar en que estaba desnuda bajo el albornoz.

–¿Qué tal se ha acomodado? –Andreas fue hasta la ventana, se sentó en el alféizar y cruzó las piernas a la altura de los tobillos–. Hasta ahora hemos hablado del estado de James, pero apenas hemos hablado de usted.

–¿Ha invadido mi habitación para preguntarme si me gusta el trabajo? –preguntó Elizabeth, irritada. ¿Pensaba que podía invadir su privacidad? ¿Pensaba que podía comportarse como un señor feudal?

–No he invadido su dormitorio. He llamado a la puerta y no ha contestado. Si tanto le molesta, debería haber cerrado con llave.

–De haber sabido que alguien podía entrar, lo habría hecho –masculló ella, mirando al suelo.

–El caso es que no sólo he venido a saber si está satisfecha con el trabajo.

–¿Ah, no? –por un instante, Elizabeth olvidó su estado de desnudez ante la seguridad de que Andreas no tramaba nada bueno, y que fuera lo que fuese de lo que quería hablar, no la beneficiaría.

Que hubiera calculado la hora de llegada para que coincidiera con la siesta de James hizo que un escalofrío la recorriera de arriba abajo.

–Podemos hablar aquí –dijo él–, pero supongo que preferirá reunirse conmigo en el despacho de James.

Elizabeth se llevó la mano al cinturón del albornoz y asintió, azorada.

–Y ni se le ocurra tardar dos horas para dar tiempo a que James se levante de la siesta.

–Jamás haría algo así. Sé lo importante que es que descanse.

–Claro que lo sabe –dijo Andreas con sarcasmo–. Aunque he notado que sólo coincidimos cuando está James. A veces pienso que evita mi compañía, pero que quizá sea porque soy un cínico.

–Desde luego que lo es –dijo Elizabeth espontáneamente. Al ver la sorpresa de Andreas ante su sinceridad, añadió–: Imagino que no está acostumbrado a que le digan algo así porque todo el mundo quiere agradarle, pero lo cierto es que es un cínico, y que no es una característica nada agradable.

Durante los días anteriores, James le había contado el tipo de mujeres con las que salía, a las que se refería como «cabezas huecas». Y aunque Elizabeth sabía que no debía cotillear, no había podido ocultar su curiosidad. Por lo que había deducido, Andreas se comportaba en las relaciones con la misma frialdad que en los negocios, y nunca salía con ninguna mujer el tiempo suficiente como para que ninguna de ellas se pudiera hacer ilusiones. Eso para ella era la definición del cinismo. Aunque no hubiera vivido en una familia tradicional y por más que conociera un sinfín de matrimonios que habían acabado en tragedia, Elizabeth creía firmemente en el amor.

–¿Que no es una característica nada agradable? –se repitió Andreas con incredulidad, cuando iba hacia la puerta.

Por más que supiera que la diplomacia no era una de las cualidades de Elizabeth, la calma con la que lo había criticado, como si fuera algo tan obvio que no mereciera discusión, lo perturbó.

–La espero en quince minutos –dijo bruscamente para no darle la oportunidad de que cambiara de tema, como solía hacer para tratar de distraerlo.

Andreas nunca había conocido a una mujer como

ella. Aparte de su manera de ser directa, tenía una habilidad para hacerle perder el hilo de lo que quería decir que habría dejado atónitos a los miembros de su junta directiva.

La última vez que había ido a cenar, había comentado de pasada que había estado a punto de atropellar un perro con su Ferrari, y había recibido una lección sobre la amenaza que representaban los coches rápidos, además de ser una inutilidad ya que un coche lento servía para la misma función pero sin representar un peligro para los pobres animales que se cruzaban en la carretera. Todos sus argumentos para defenderse cayeron en saco roto, para regocijo de James, y Andreas se había descubierto volviendo a sesenta kilómetros por hora, atento a cualquier movimiento en el arcén por si se trataba de un animal.

Según de qué tema se tratara, la joven tímida y azorada no tenía ninguna dificultad en dar un paso adelante y defender su punto de vista. Y sin embargo, no podía ocultar la obvia incomodidad que le causaba su presencia. Era un enigma al que le dedicaba más tiempo del que habría querido.

Aunque no le habría extrañado que se retrasara lo más posible, le oyó llamar a la puerta precisamente un cuarto de hora más tarde, cuando él acababa de sentarse en el escritorio con una taza de café.

Elizabeth se había puesto otro de sus vestidos floreados, amplios y sin forma, perfectos para una tarde de verano, pero tan poco favorecedor como los demás. Encima llevaba una rebeca que le llegaba a mitad de muslo.

—He imprimido el informe de hoy –dijo Elizabeth, entrando y dejando dos hojas sobre el escritorio.

–¿Para qué voy leer lo que me puede decir en persona? –Andreas indicó la silla frente a él y cruzó las manos.

–Muy bien. Ayer James y yo fuimos al pueblo porque pensé que le sentaría bien. Le llevé a un precioso salón de té, pero no dejé que tomara nada que se saliera de su dieta –esperó a que Andreas la interrumpiera insistiendo en la importancia de seguir las recomendaciones del médico, pero se limitó a mirarla en silencio. Elizabeth continuó–: James está pensando en apuntarse a un club de bridge. Un viejo amigo suyo, un hombre encantador que se...

–Íbamos a hablar de usted –la cortó Andreas–. Quiero saber cómo le va con mi padrino. Según él, lo hace todo bien.

Elizabeth sonrió y por un segundo, Andreas pensó que cuando se le iluminaba así el rostro, pasaba de ser normal a... Frunció el ceño y se concentró.

–Conocer al señor Greystone ha sido magnífico. Así que, si lo que quiere saber es si estoy contenta, puedo decirle que estoy encantada.

Andreas la miró con expresión velada.

–Voy a serle sincero. No pensé que fuera a durar ni una semana. James es un hombre increíblemente inteligente y puede ser muy testarudo. No tolera a los que no están a su altura, y el estar temporalmente inválido y haber perdido su independencia le ha vuelto muy irascible. No creí que fuera a soportarlo.

–Pues nos ha ido muy bien –por algún motivo, Elizabeth no confiaba en la dirección que pudiera tomar la conversación.

Andreas apenas había preguntado por la evolución de James, pero tampoco tenía sentido que hubiera viajado desde Londres exclusivamente para hablar con ella.

—Me alegro mucho por usted. Y también el señor Donald Riggs, ¿se acuerda de él? ¿El joven encantador para el que solía trabajar en Londres? —Andreas se apoyó en el respaldo de la silla, observando atentamente el destello que iluminó los ojos de Elizabeth antes de que bajara la mirada hacia las manos.

—Claro que me acuerdo de él. Lo que no entiendo es por qué ha hablado con él. Me pidió una carta de referencia y sé que se la mandó por correo.

—Sí, y era muy halagüeña. De hecho me sorprende que el bufete pueda funcionar sin sus habilidades sociales y su capacidad de iniciativa —tomó un papel del encima del escritorio y leyó un par de frases que, efectivamente, la describían como parangón de eficiencia y como un miembro indispensable del equipo. Luego, Andreas continuó—: Cuando llegó, hace un mes, sólo le eché una ojeada. Ya se había instalado aquí y a James le agradaba. La carta no era más que una formalidad —volvió a mirar la carta y se la pasó—. Léala, a ver qué le parece.

—Estoy muy agradecida al señor Riggs por ser tan amable —dijo Elizabeth tras leer la carta tres veces intentado averiguar qué insinuaba Andreas.

—¿Eso es todo?

—¿Qué más quiere que diga? —preguntó Elizabeth, desconcertada—. ¿Por qué juega al ratón y al gato? ¿Por qué no dice directamente lo que quiere decir? Que no le caiga bien no le da derecho a acosarme.

Varias de las cosas que dijo hicieron que la sangre hirviera en las venas de Andreas, pero no pensaba dejarse distraer ni por sus palabras ni por sus enormes y acusadores ojos verdes.

–Después de leerla varias veces, he llegado a la conclusión de que el adorable señor Riggs pensaba que buscaba empleo conmigo: velocidad de mecanografía, capacidad para asumir responsabilidades, buenas habilidades comerciales, etcétera, etcétera. ¿Entiende a lo que me refiero?

–Ésa es la descripción de lo que hacía en mi trabajo, ¿qué quería que pusiera?

–Dado que el puesto era como cuidadora de James, más detalles sobre sus habilidades interpersonales. Da la impresión de que el señor Riggs no sabía qué puesto había solicitado, ¿no le parece?

–Soy de fiar y eficiente. ¿No era eso lo que estaba buscando?

Andreas había hecho una pregunta retórica, así que ignoró la respuesta de Elizabeth.

–Así que he llamado al señor Riggs –hizo una pausa antes de continuar–: ¿Le gustaría saber qué me ha dicho?

–Estoy segura de que va a decírmelo igualmente.

–Así es –dijo Andreas sin disimular su satisfacción–. Su ex jefe no tenía ni idea que buscara trabajo en Somerset. Sí sabía que, tras la muerte de su madre, solicitó una baja para venir a hacer algo a Somerset, pero no tenía la impresión de que fuera buscar trabajo. De hecho, creía que estaba relacionado más con «alguien» que con «algo».

Aquél era el momento de contar la verdad, de decirle a Andreas que había ido a buscar a su padre y que no había sido capaz de dejar escapar la oportunidad que se le ofrecía de conocerlo en profundidad. Sería maravilloso poder confesar. Pero Andreas veía el mundo en blanco y negro, no admitía matices, y en lugar de entender su silencio como una manera delicada de afrontar la situación, lo interpretaría como una mentira merecedora del más severo castigo.

¿Se lo diría a James? ¿La echaría sin explicarle la razón? ¿Le dejaría quedarse hasta que James se recuperara plenamente?

Elizabeth no había imaginado que pudiera establecer un vínculo tan fuerte con el hombre cuya presencia en su vida había sido siempre imaginaria. Jamás había sospechado que pudieran congeniar tan bien. Pero dado que así era, la idea de dejar de verlo le resultaba inconcebible.

En medio del profundo silencio en el que ella evaluó sus alternativas, Andreas dijo con voz grave:

—¿Cómo demonios se enteró de que había una plaza vacante y por qué no le dijo al señor Riggs la verdad?

—Me... me está aturullando.

—Pues diga la verdad. ¿Qué hace aquí?

—Yo... yo necesitaba un cambio de aires. Y... Y es verdad que vine por si podía conocer a su padrino porque... Porque había oído hablar de él —aunque no decía toda la verdad, Elizabeth decidió que tampoco mentía del todo, que podía decir una verdad parcial—. No le dije nada al señor Riggs por si necesitaba recuperar mi viejo empleo, y supongo que cuando le pedí una carta de recomendación, evité darle detalles. De hecho, ni siquiera hablé con él en persona, sino con Caroline, a la que apenas conozco porque trabaja en el bufete desde hace un par de meses. Así que le dije lo básico: que había encontrado trabajo. Le di la dirección que usted me indicó y le pedí que le dijera a Donald que necesitaba una carta de recomendación.

—¿Por qué será que tengo la sensación de que no

me dice toda la verdad y de que falta algún detalle importante?

–Porque es desconfiado por naturaleza y no está dispuesto a darle a nadie el beneficio de la duda.

El corazón le latía con tanta fuerza que estuvo a punto de llevarse la mano al pecho como si con ello pudiera frenarlo. Sin embargo, unió las manos sobre el regazo y esperó a que el hacha cayera sobre su cuello. La posibilidad de que Andreas la echara en aquel mismo momento sin darle la oportunidad de hablar con James se le hacía insoportable. Cerró los ojos con fuerza y se mordisqueó los labios, obligándose a contener el llanto. Estaba segura de que Andreas detestaba a los débiles o a cualquiera que actuara emocionalmente.

Desafortunadamente, su mente no quería escucharla, y notó que se le humedecían las mejillas.

–Lo siento –masculló.

Andreas la observó con el ceño fruncido sin saber cómo interpretar una reacción tan emotiva. Solía creer en su intuición, y en aquel caso le indicaba que alguna pieza del puzle no encajaba. Por otro lado, podía reconocer una reacción sincera, y estaba convencido de que no había nada fingido en la actitud de Elizabeth. Había visto llorar a muchas mujeres y sabía lo sencillo que era conseguir que se les secaran los ojos; pero el llanto de Elizabeth parecía incontenible.

Se puso en pie, rodeó el escritorio y le puso un pañuelo en la mano que ella aceptó sin mirarle a la cara. Luego Andreas se sentó en el escritorio y esperó a que recuperara el sosiego.

–No soy un monstruo. Y sí suelo otorgar el beneficio de la duda –comentó, aunque no conseguía recordar cuándo lo había hecho por última vez.

Elizabeth alzó la mirada.

–Jamás haría nada que perjudicara a James –dijo con la respiración agitada–. No he venido a aprovecharme de un hombre mayor por más que usted crea lo contrario.

–No tiene ni idea de lo que pienso.

–Pero estoy segura de que no es nada bueno.

–No sea ridícula.

–Me limito a pedirle que confíe en mí cuando digo que no estoy aquí por su dinero. El dinero me da lo mismo.

–¿Aunque nunca lo haya tenido?

–Sé que es un cliché, pero el dinero no compra la felicidad.

–No consigo comprender cómo hemos llegado a este punto de la conversación –Andreas se puso en pie porque aquellos ojos verdes amenazaban con hacerle perder su conocida frialdad–. En esta ocasión estoy dispuesto a creerla porque, dadas las circunstancias, echarla podría empeorar el estado de mi padrino. Usted le gusta y está decidido a que siga a su lado. No quiero ni imaginarme cómo reaccionaría si tenemos que buscarle una sustituta, sobre todo si no puedo darle una razón clara de por qué la he despedido.

Elizabeth sonrió y le tomó la mano, aunque se la soltó en cuanto vio que él la miraba con una mezcla de sorpresa y de desagrado.

–No se arrepentirá –dijo ella.

–Desde luego que no, y le voy a decir por qué.

Andreas había pensado largamente en la solución. Si Elizabeth hubiera admitido algún motivo deshonesto, no le habría quedado más opción que despedirla. Pero como no había sido el caso, y no podía echarla igualmente sin arriesgarse a enfrentarse a su padrino, sólo le quedaba una opción: controlarla. Los correos electrónicos y las llamadas de teléfono servían para estar en contacto, pero no le permitían tener una idea exacta de cómo iban las cosas. Hasta cabía la posibilidad de que, en su tiempo libre, Elizabeth inspeccionara las cuentas bancarias de James.

Andreas ignoró la voz interior que le decía que se estaba dejando llevar por su imaginación. Pero estaba decidido a no dejarse engañar por una mujer de aspecto inocente. La vida en la cumbre le había enseñado que no debía confiar en nadie. Se colocó frente a ella y la miró detenidamente, observando su expresión ansiosa, sus labios entreabiertos, sus ojos grandes e inocentes todavía húmedos por las lágrimas, y añadió:

—Voy a volver a casa.

# Capítulo 3

A LONDRES? –preguntó Elizabeth, desconcertada.

–Piense, Elizabeth. ¡A Somerset! –Andreas se había vuelto a sentar en su silla y se reclinaba hacia atrás, con las manos tras la nuca y una sonrisa de satisfacción.

La perturbación de hacer ese cambio debía haberle molestado. Su despacho era el centro neurálgico de sus actividades, y la idea de alejarse debía haberle resultado extremadamente inconveniente. Sin embargo, se sentía extrañamente contento con la decisión.

–¿Va a mudarse a Somerset? –preguntó Elizabeth, no dando crédito a sus oídos.

–Parece estar en estado de shock.

–Va a mudarse a Somerset para vigilarme... Creía que había dicho que me daría el beneficio de la duda.

–Y así es. ¡Por eso sigue teniendo un trabajo!

Elizabeth lo miró con desaprobación al tiempo que arrugaba el pañuelo en la mano.

–¿Va a poner en riesgo su empresa por asegurarse de que no haga no-se-sabe-qué?

–No pongo nada en riesgo –dijo Andreas sin inmutarse–. Ya he trabajado desde aquí cuando James salió del hospital. Es una casa muy grande y aunque sea más cómodo trabajar en el despacho, donde tengo todo a mano, puedo permanecer en contacto con tan sólo apretar un botón. ¡Son las ventajas de la tecnología! Algunos de mis empleados hacen parte de su jornada laboral desde su casa. Soy un jefe muy comprensivo.

Elizabeth estaba ensimismada en sus pensamientos. ¿Cómo iba a poder evitarlo si iba a tenerlo cerca todo el tiempo? ¿La seguiría cuando fuera a hacer la compra? ¿Escucharía detrás de la puerta de su dormitorio? Se imaginó encontrándolo en cada esquina, espiándola, y se estremeció. Entonces se dio cuenta de que le había estado hablando.

–¿Perdón?

–Esto también va a tener que cambiar.

–¿El qué?

–Su costumbre de no escucharme –o de contestar con monosílabos y con la actitud de alguien que preferiría estar en cualquier sitio antes que con él. Las dos cosas lo sacaban de sus casillas.

Elizabeth parpadeó desconcertada aunque se dio cuenta de que no debía estarlo. Andreas vivía en un mundo en el que estaba acostumbrado a chasquear los dedos y que todo el mundo se pusiera firme.

–Claro que escucho –dijo–. Pero estaba pensando lo incomodo que me iba a resultar que me siguiera durante todo el día.

–¿Y por qué iba a hacer eso? –preguntó Andreas con cara de sorpresa–. Una cosa es que vaya a instalarme aquí durante un tiempo y otra que vaya a abandonar el trabajo completamente para ocuparme de usted.

¿Durante un tiempo?

–¿Cómo va a trasladarse aquí durante un tiempo? –balbuceó Elizabeth–. ¿No tiene que dirigir un imperio empresarial?

–Parece que estuviera hablando de un barco pirata –dijo él, cortante–. No va a haber un motín porque falte unos días.

–Sí, pero...

–Siento tener que decir lo obvio, pero la forma en que me mira no me hace pensar que sea una buena idea «darle el beneficio de la duda».

–¡Es que me horroriza saber que va a estar aquí todo el tiempo! –dijo Elizabeth con una brutal franqueza–. Usted no me gusta, me pone nerviosa. ¡Cómo voy a alegrarme de que vaya a mudarse aquí!

Andreas apretó los dientes ante su brutal honestidad.

–Que le guste o no, da lo mismo –dijo con aspereza–. De hecho, para lo que tengo pensado sería mejor que no le gustara. Sin embargo, no puede ser que dé un respingo cada vez que me dirijo a usted.

A Elizabeth le costaba creer que a alguien pudiera darle lo mismo gustar o no a los demás cuando agradar a los otros se trataba de un deseo básico en el ser humano. Pero, después de todo, Andreas era distinto a todo el mundo.

–¿Y qué es «lo que tiene pensado»? –preguntó con gesto impasible, segura de que iba a recibir una desagradable noticia.

–Empezaba a dudar de que fuera a centrarse en lo que estamos hablando.

Andreas dio un exagerado suspiro y se entretuvo girando entre los dedos la pluma de James en actitud reflexiva hasta que alzó la mirada hacia una expectante Elizabeth.

–Internet sólo resuelve parte de los problemas –explicó, hablando con lentitud–. Pero para muchas cosas no hay nada mejor que una secretaria. Alguien que archive los documentos, filtre las llamadas, tome notas, haga un café... –hizo una pausa para dar tiempo a que Elizabeth asimilara la información–. Y es ahí donde entra usted.

–No.

–Claro que sí.

Andreas dejó la pluma y miró a Elizabeth especulativamente. Había un sinnúmero de razones por las que se habían encendido las señales de alerta, desde la conversación con su antiguo jefe a la obvia inquietud que le causaba la idea de tenerlo cerca. Sin embargo, si tenía algo que ocultar, lo lógico habría sido que actuara con más convicción. Andreas había deducido que había ido a Somerset con la expresa intención de conocer a James. Pero si su intención era hacerse un hueco en su vida para robarle las joyas de la familia, ¿no interpretaría un papel más elaborado?

Una cosa era que no todos los cazafortunas fueran iguales, pero eran universalmente manipuladores, astutos y oportunistas. No se pasaban las horas en tiendas de segunda mano o en salones de té con ancianos temperamentales, tal y como había averiguado que hacían por un par de conversaciones con su padrino. No rechazaban la sugerencia de su jefe de encargar a diario comida preparada de lujo para hacer recetas caseras de libros de cocina antiguos que James conservaba de su juventud.

Si eso era una demostración de astucia, se trataba de una que Andreas no conseguía comprender. Por eso mismo se sentía en el deber de vigilar lo que estaba pasando. Era mejor desconfiar, especialmente de los seres humanos.

–No puedo trabajar para usted. Trabajo para el señor Greystone. Sé que tengo que rendirle cuentas, pero...

–Pensemos un instante. Es cierto que trabaja para James y que se llevan maravillosamente, lo que significa que tiene usted una paciencia infinita. ¿Tengo entendido que hubo un problema en el salón de té porque anunciaban unos bollos que se habían acabado?

Elizabeth olvidó por un segundo la situación y le dedicó una de sus luminosas sonrisas.

–¿Se lo ha contado?

–Por lo visto se enfadó tanto con el encargado por no haber borrado de la pizarra un producto que no podía servir, que le han dado un vale para tres tes completos.

–Juró y perjuró que no volvería, pero seguro que vuelve. Dice que sirven el mejor té del condado y, además, yo creo que Dot Evans le gusta. Ella le reprendió por querer tomar algo que no es bueno para su tensión arterial, y le prometió que, si volvía a montar una escena, lo arrastraría a la cocina para que fregara los platos.

Su comentario dejó a Andreas atónito.

–¿Cómo que le gusta Dot Evans? No diga tonterías. La conoce desde hace diez años. ¿No cree que, si fuera verdad, yo lo sabría?

–Sería lo lógico –dijo Elizabeth, vagamente, al tiempo que desviaba la mirada y esperaba en silencio a que Andreas volviera al espinoso tema de su futuro.

–No se va a salir con la suya.

–¿Perdón?

–¿Acaso se cree que no me he dado cuenta de su tendencia a quedarse callada en cuanto la conversación se complica mínimamente?

Que Elizabeth se ruborizara demostró a Andreas que tenía razón, y le tranquilizó comprobar que no había perdido completamente su intuición respecto al carácter de aquella mujer.

–No me gusta hablar de lo que James haya podido o no decir cuando él no está aquí para decirlo en persona.

–¿Qué tipo de cosas?

–Nada.

–¿Qué ha dicho mi padrino? Lo de Dot Evans es una broma, ¿no? –insistió Andreas, frunciendo el ceño con expresión de perplejidad.

Conocía a Dot Evans desde hacía diez años, cuando su padrino le dejó dinero para montar el salón de té. De hecho, James y ella habían sido compañeros de colegio de pequeños. Pero ni siquiera recordaba que hubiera ido de visita a la casa. ¿O lo habría hecho? Él había hecho siempre lo posible por ir a visitar a su padrino, pero a menudo el trabajo se lo había impedido. Quizá había muchas cosas de las que no habían hablado.

–Es sólo una sensación.

–¿Y por qué no se me ha informado? Explíquese.

Elizabeth titubeó. James nunca la había tomado como confidente. Aunque fuera beligerante, tenaz y dogmático, también era exquisitamente diplomático. Su sentido de la diplomacia había impedido que mencionara a Dot a Andreas porque tenían opiniones contrarias respecto al sexo femenino. Había tenido un *affaire* con su madre, pero Elizabeth había llegado a la conclusión de que lo había hecho como una reacción a un matrimonio sin amor. Como era lógico, jamás había mencionado que tuviera una amante, pero cuanto más lo conocía, más convencida estaba Elizabeth de que era, esencialmente, un hombre de honor.

A veces se preguntaba si habría roto con su esposa por Phyllis, pero sospechaba que no. En cualquier caso, era una pregunta sin respuesta, puesto que en cuanto su madre había descubierto que estaba casado, había huido sin decirle que estaba embarazada. A Elizabeth le resultaba tentador fantasear sobre cómo habría sido su vida si James hubiera sido un hombre libre y se hubiera casado con su madre.

Un chasqueo de los dedos de Andreas la sacó de su ensimismamiento con un sobresalto.

—Supongo que le resulta inconcebible, pero las mujeres no suelen ausentarse mentalmente cuando están hablando conmigo.

—Lo siento.

—Debe de avergonzarse de ella —comentó Andreas—. Aunque me extraña, porque James nunca ha sido un esnob.

—¡Por supuesto que no se avergüenza de Dot Evans! Es una mujer encantadora. Lo que pasa es que cree... —Elizabeth calló a media frase y le mortificó ver la curiosidad con la que Andreas la miraba.

—Continúe. Ha conseguido intrigarme. ¿Sabe que tiene un talento especial para hacer que me desvíe del tema que quiero tratar?

—Creo que no le gustan demasiado las mujeres con las que usted sale —dijo ella, precipitadamente—. Por eso...

—¿No tiene sentido que me hable de una mujer cuando no hablamos la misma lengua? —concluyó Andreas por ella.

Elizabeth asintió, mordiéndose los labios.

Generalmente, a Andreas le resultaba indiferente la opinión de los demás, pero su padrino era una excepción, y le dolió que pensara que no podía compartir con él un aspecto tan importante de su vida. Y más aún, que tuviera razón.

Pensó en Amanda, con la que todavía no había roto aunque hacía tiempo que debía haberlo hecho. Amanda, la modelo de piernas largas, poca inteligencia y belleza despampanante. Era la última de una procesión de clones que para su comodidad eran perfectas, pero en las que su padrino no veía ninguna virtud.

—Pero ya se sabe —dijo Elizabeth atropelladamente—: «Vive y deja vivir».

—¿Ésa es su teoría o la de James?

—Es sólo que no comprende por qué sale con el tipo de mujer con las que sale —dijo Elizabeth, diciéndose que cada vez lo estaba complicando más.

—No estoy aquí para hablar sobre mi vida privada —dijo Andreas con aspereza, decidido a retomar la conversación de la que no debía haberse desviado—. Tenemos que concretar los detalles de su trabajo conmigo. Y no valen excusas. No voy a alejarla del cuidado de mi padrino, pero tengo entendido que se recupera deprisa.

Elizabeth asintió, resignada.

—Y tiene las tardes prácticamente libres mientras echa la siesta.

Elizabeth asintió de nuevo a la vez que intentaba imaginar qué significaría trabajar para Andreas. No confiaba en su descripción de sí mismo como «comprensivo» si su subalterna, tal y como creía, era una cazafortunas. Suponía que, en ese caso, su actitud sería más parecida a la de un hombre de las cavernas.

Se dio cuenta de que estaba distraída una vez más y fijó su atención en él. Como siempre, el efecto fue devastador. En algunas ocasiones Andreas había ido en helicóptero y bajaba del cielo como un amenazador halcón decidido a perturbar su día. En aquella ocasión, sin embargo, había ido en coche. De camino al despacho había visto su aerodinámico y lujoso deportivo, y sin embargo, no tenía el aspecto de haber pasado horas al volante. De hecho parecía tan fresco como si acabara de ducharse, con unos vaqueros color crema y una camiseta celeste que enfatizaba el increíble tono bronce de su piel.

Tenía los dos primeros botones de la camisa abiertos, y cuando Elizabeth apartó la vista del triángulo de piel de su pecho, sus ojos se encontraron con su musculoso brazo y se quedaron hipnotizados por el oscuro vello que se curvaba alrededor de la correa de oro de su lujosísimo reloj. El reloj de un hombre millonario, que la devolvió a la cuestión de por qué estaba Andreas allí: un rico protegía a otro, y a ella le había tocado el papel de desaprensiva intrusa.

–Cuando James descansa, leo el correo o salgo al jardín.

–Ya me ha dicho James que muestra interés por la horticultura. ¿Y de quién es el correo?

–De mis amigos. No quiero perder contacto ni con los de Londres ni con los que se han ido a vivir al extranjero.

–¿Tiene novio?

Elizabeth se ruborizó.

–¿Tiene eso alguna importancia?

Andreas guardó silencio, aunque sentía curiosidad por saber por qué no había un hombre en su vida. Era natural que su reticencia a hablar de su vida privada fuera uno de los motivos que despertaba su curiosidad. Y aunque insistiera en vestirse con ropa que parecía de segunda mano, estaba seguro de que debajo había un cuerpo, aunque no tuviera ni idea de qué forma tenía. Eso sí, tenía pechos grandes y firmes. Se descubrió preguntándose cómo serían exactamente y al instante apartó ese pensamiento.

–Todo tiene importancia –dijo con brusquedad–. Seguirá dedicando la mañana a James, pero entre la una y media y las cinco, trabajará para mí. En ocasiones tendrá que trabajar horas extra, pero ya lo hablaremos en su momento.

–¿Horas extra?

–Su exjefe me ha dicho que eso nunca supuso ningún problema, excepto cuando tuvo que dedicarse plenamente al cuidado de su madre.

–Necesitaré tiempo para mí misma –se atrevió a decir Elizabeth–. Me gusta ir caminando al pueblo y...

–Para eso están los fines de semana –Andreas apoyó los codos sobre el escritorio y se inclinó hacia delante con expresión reprobadora–. Espero no tener que recordarle que tiene unas condiciones excepcionales. No sé por qué ha venido a esta casa y por ahora prefiero no pensar en ello, pero tiene que reconocer que, para el trabajo que hace, gana un salario elevado. Le pagamos prácticamente el doble de lo que ganaba en Londres, por la mitad del trabajo. Además, pienso pagarle por su colaboración conmigo.

Mencionó una cifra que dejó a Elizabeth boquiabierta.

–No... no puedo... –tartamudeó.

–¿Por qué no? –preguntó Andreas, frunciendo el ceño.

–Porque es demasiado.

Andreas la miró con desconfianza, pero el rostro de Elizabeth reflejaba una total sinceridad.

–¿Le parece que estaría pagándola demasiado? ¿Está loca? –Andreas estaba convencido de que no fingía, y tuvo que recordarse una vez más que no debía fiarse de las apariencias.

James era un hombre muy acaudalado, y aunque a él no le correspondía ni un céntimo porque había insistido en que lo borrara de su testamento, estaba decidido a evitar que su fortuna cayera en las manos equivocadas. Y quizá la candidata más inesperada era la mujer que acababa de rechazar una subida de sueldo.

–Permanecería junto a James aunque no me pagara –dijo Elizabeth.

Y no mentía. De hecho, llevaba ahorrando el dinero que ganaba en una cuenta que había abierto uno de sus días libres. No estaba segura de por qué lo hacía, pero le hacía sentirse menos culpable por haber aceptado el puesto, y pensaba que, una vez desvelara la verdad, devolvería ese dinero como un gesto simbólico. Sin embargo, era algo en lo que prefería no pensar por el momento. Cuanto más tiempo pasaba más difícil le parecía. ¿Qué diría su padre? Cada día estaba más fuerte, pero ella seguía posponiendo lo inevitable diciéndose que no era el momento adecuado. Todo había sido mucho más sencillo antes de conocerlo en persona, cuando la emoción principal que la motivaba era la curiosidad.

–Así que le ruego que no me dé más dinero –continuó, abatida–. No sé qué haría con él. Nunca me han interesado ni la ropa ni las joyas.

Andreas vaciló. Tenía que hablar con ella de asuntos prácticos. Necesitaba que se familiarizara con los sistemas informáticos que usaba. En las siguientes horas uno de los salones iba a ser transformado en un despacho y quería que Elizabeth estuviera presente durante la instalación.

–Me cuesta creerlo. A todas las mujeres les gusta la ropa y las joyas –Andreas la miró de arriba abajo y añadió–: Esta bien, quizá no a todas. Pero entonces, ¿en qué gasta el dinero? En su anterior trabajo ganaba un buen salario. Debe de tener una buena cantidad ahorrada para el futuro.

Elizabeth habría querido decirle que su economía personal no era asunto suyo, pero estaba segura de que eso no la libraría de un interrogatorio. Por otro lado, y puesto que Andreas parecía decidido a husmear hasta encontrar algo que justificara su desconfianza, no le interesaba actuar como si guardara un secreto.

–Tengo algunos ahorros –dijo con cautela–. Mamá tuvo que dejar el trabajo cuando enfermó, así que vivimos de mi salario.

–¿No hay un sistema de ayuda estatal para situaciones como ésa?

–Mi madre era una mujer muy orgullosa y no quiso aceptar ni un céntimo del estado, así que vivimos de mi dinero, y si quedaba algo, le compraba pequeños caprichos. A ella le encantaba ir de tiendas. De hecho, siempre le desilusionó el poco interés que yo mostraba por la moda y que me decantara por los libros. Me habría gustado ir a la facultad, pero dadas las circunstancias, fue imposible –Elizabeth se sorprendió de haber dado una explicación tan detallada, y resumió–: Así que no he podido ahorrar demasiado.

Podía haber añadido que, para cuando pagó los

gastos del funeral, no pudo seguir pagando el piso de tres habitaciones que había compartido con su madre.

–Supongo que, si no tener dinero es el único requisito, eso me convierte en una verdadera cazafortunas en potencia –concluyó.

–¿Qué habría estudiado si hubiera ido a la universidad?

Elizabeth pestañeó, sorprendida.

–Derecho –dijo, incómoda–. Aunque puede que no sea lo bastante lista –confesó.

Andreas recordó que aquella conversación no tenía nada que ver con la que tenía en mente cuando iba a Somerset en coche. De hecho, lo último que necesitaba eran las confidencias de una mujer, algo que solía evitar a toda costa.

–No tiene sentido que se infravalore –dijo con brusquedad–. Todos podemos hacer lo que nos propongamos, a no ser que optemos por hacernos las víctimas y culpar a los demás de nuestra incapacidad para tomar las riendas de nuestra vida.

–Jamás culpo a nadie de lo que me pasa.

–No me refería a usted. Estaba generalizando.

Elizabeth tuvo a tentación de decirle que para él era fácil hablar así y criticar a los demás desde su arrogante perfección, pero estaba segura de que eso la incluiría en la categoría de los quejicas rencorosos. Y puesto que parecía inevitable que fuera a trabajar para él, no tenía sentido aumentar la animadversión que sentía por ella.

Que era perfecto era innegable. Elizabeth lo miró con disimulo, fijándose en sus marcadas facciones. Era frío y poco compasivo, pero también era espectacularmente guapo, y pensar en ello despertó una reacción instantánea en su cuerpo: sus pezones se endurecieron y una oleada de calor estalló en su vientre.

–Puede que a James no le parezca bien este acuerdo –dijo súbitamente.

Pero Andreas aplastó aquel rayo de esperanza sin titubear.

–Ya lo he hablado con él, y le alegrará saber que le ha parecido perfecto. De hecho, piensa que es una idea fantástica. Puede que estuviera preocupado con todo el tiempo libre del que dispone.

Elizabeth bajó la mirada en un resentido silencio que Andreas rompió al ir hacia la puerta.

–Cuanto antes empecemos, mejor. Mi gente llegará en breve y quiero que se familiarice con el despacho. Sígame.

Continuó hablando mientras caminaba, y sometiendo a Elizabeth a una verdadera entrevista de trabajo, la que no había pasado para trabajar con James porque no exigía un conocimiento detallado de hojas de cálculo, presupuestos y bases de datos. Andreas se molestó en especificar que no tendría acceso a documentos confidenciales, pero que tendría que revisar los cientos de correos que recibía a diario para que él no malgastara su valioso tiempo en tonterías.

–Sólo tengo experiencia de trabajo en una empresa pequeña –dijo ella, nerviosa, mientras aceleraba el paso para no quedar rezagada.

Andreas se detuvo bruscamente y se volvió hacia ella.

–¿Qué quiere decir? –preguntó fríamente.

Empezaba a estar cansado de su tendencia a salirse del tema.

–Que puede que no alcance el nivel de eficiencia que requiere.

–¡Deje de subestimarse! Soy realista.

Andreas siguió andando y Elizabeth prácticamente tuvo que correr tras él.

Llegaron a la habitación que Andreas había elegido al mismo tiempo que el equipo de trabajadores que iba a transformarla en un despacho de última tecnología. Vestidos con batas blancas, empezaron a mover muebles con silenciosa eficacia mientras Andreas hablaba con uno de ellos y le indicaba dónde quería enchufes. En cierto momento, indicó a Elizabeth que lo siguiera a la habitación adyacente, le dijo que se sentara y abrió su ordenador.

–Recibirá automáticamente los correos que llegan a mis tres cuentas –dijo mientras esperaba a que se encendiera.

–¿Qué comentó James de mí? –preguntó Elizabeth en un suspiro nervioso. Al ver la cara de sorpresa de Andreas, explicó–: ¿Piensa que tengo demasiado tiempo libre? Suelo pasar a limpio su libro, y muchas veces reviso los recetarios para preparar...

–¿Qué más da lo que piense?

–Mucho.

–¿Le tranquiliza saber que no la considera una vaga? ¿Está lista para empezar a trabajar?

Andreas miró el reloj y repasó sus cuentas de correo mientras Elizabeth tomaba notas aceleradamente, hasta que empezó a dolerle la mano. De vez en cuando Andreas le preguntaba si tenía preguntas, pero su tono no invitaba a hacerlas. Para cuando dio por terminada la sesión, Elizabeth estaba exhausta.

–Debo advertirle que me impaciento con aquéllos que no pueden seguir mi ritmo.

Elizabeth giró la muñeca para relajarla y reunió las notas que había tomado.

–Puesto que trabajar con usted no formaba parte del acuerdo inicial, va a tener que hacer un esfuerzo por dominar su impaciencia –consciente de que Andreas le lanzaba una mirada incendiaria, se concentró para no acobardarse. Si lo que Andreas pretendía era convertir su vida en un infierno, tendría que protegerse. Se cuadró de hombros y continuó–: Sólo trabajaré para usted durante el descanso de James. Y no pienso trabajar fuera de horas. Que usted sea un adicto al trabajo no significa que pueda obligarme a serlo a mí también. Mi principal responsabilidad es James, y también seré responsable con usted, pero no voy a consentir que se aproveche de mí.

Supo al instante que había elegido las palabras equivocadas cuando Andreas la miró con un brillo en los ojos que sólo podía indicar que había llegado a algún tipo de conclusión.

–Ya sabía yo que no era sólo un ratoncillo asustadizo –dijo, pensativo.

–Sólo intento dejar las cosas claras.

–Ahora comprendo que haya tenido tanto éxito. ¡Seguro que el pobre James no es consciente de que en realidad es usted quien manda! Como parece tan dulce, ni siquiera debe darse cuenta de que hace lo que usted quiere.

Había algo de verdad en aquella afirmación, pero sólo en lo relativo a la dieta y al ejercicio. Lo que Andreas insinuaba era que era una manipuladora.

–A mí su dulce exterior no me engaña –añadió Andreas–. Y todavía no ha nacido la persona capaz de mandarme. Así que, ahora que hemos dejado las cosas claras, que empiece la diversión.

# Capítulo 4

ELIZABETH se miró en el espejo mientras se hacía preguntas para las que no tenía respuesta. La primera se refería a su cambio de indumentaria desde que había empezado a trabajar para Andreas, hacía tres semanas. Por alguna razón, había dejado de sentirse cómoda en chándal y deportivas, y había empezado a vestir más profesionalmente, con falda y blusa. Y aunque Andreas no había hecho ningún comentario, el nuevo brillo que había visto en sus ojos la había llevado a seleccionar aún más cuidadosamente su vestuario.

Hasta James, que odiaba a las mujeres obsesionadas con la moda, había hecho un comentario halagador al verla el día anterior con una falda verde y una blusa del mismo color, a juego con sus ojos. Riéndose, James había bromeado sobre la desaparición de su antigua ayudante, fingiendo que la buscaba por los rincones.

Aquella mañana había elegido una falda gris con una blusa azul claro mientras se decía que presentar un aspecto formal le ayudaba a actuar profesionalmente en torno a Andreas, cuyas constantes órdenes e insinuaciones sobre su vida privada, y cuya impaciencia ante la más leve dubitación, amenazaban con reducir a cenizas su confianza en sí misma.

Presentar la imagen de secretaria eficiente le servía como fachada para disimular el estado de nervios en el que le ponía la presencia de Andreas. Sólo por eso, se decía, había comprado ropa nueva, y no porque quisiera resultar más atractiva, cuando era evidente que Andreas no prestaba la menor atención a su aspecto.

La otra pregunta que se hacía tenía relación con las horas que trabajaba para él. Aunque seguía dedicando las mañanas a James, éste se había unido a un grupo de bridge con Dot Evans y un par de amigos que habían logrado convencerle de que saliera de casa. Se reunían dos días a la semana a las cinco de la tarde, y en esos días, Elizabeth prolongaba el tiempo de trabajo con Andreas a pesar de haberle advertido que sería muy estricta al respecto.

Lo cierto era que no sólo no le importaba, sino que empezaba a disfrutar de la adrenalina de trabajar con él. Para cuando se relajaba, miraba el reloj y le decía que podía marcharse, Elizabeth sentía que aterrizaba después de un excitante viaje en globo.

Eso no significaba que estuviera dispuesta a admitirlo. Era su secreto.

Aquella tarde esperó a que fueran las dos en punto para reunirse con él en el despacho.

No dejaba de admirarle que consiguiera transmitir la imagen de jefe vistiera como vistiera. Aquel día llevaba unos pantalones caqui y una camiseta gastada, y Andreas rió al ver la cara de sorpresa con la que lo miraba.

—¿No estoy vestido como debiera?

Elizabeth se sentó y giró la silla para mirarlo de frente. Su sarcasmo ya no le afectaba.

—Usted es el jefe y puede vestir como quiera.

–¿Esa blusa es nueva? –Andreas fingió mirarla con interés–. Muy bonita, aunque me gustaba más la verde.

Le divertía el indiferente silencio con el que Elizabeth respondía a sus comentarios. No estaba acostumbrado a que lo ignoraran, y menos una mujer. Pero empezaba a encontrarlo un cambio muy agradable. Al menos su actitud le alteraba mucho menos que las constantes llamadas de Amanda, quejándose del poco tiempo que le dedicaba.

–¿Qué tal está James?

–Maravillosamente –Elizabeth sonrió–. Cada vez anda mejor con el bastón y está pensando en construir una pequeña piscina cubierta. Su médico le ha dicho que nadar le sentaría bien, pero no está dispuesto a ir a una piscina pública. Dice que están llenas de bacterias, y creo que incluye a los niños en esa categoría. ¿Qué le parece?

Andreas se apoyó en el respaldo de la silla.

–Lo hablaré con él. No creo que haya ningún problema.

–¿Qué tal fue la videoconferencia de anoche?

En un tiempo récord, Andreas la había puesto al día de sus principales clientes. Exigía que supiera de qué o de quién estaba hablando, y que supiera encontrar la información relevante.

–Muy bien. Pero fue agotadora –se inclinó sobre el escritorio y se frotó los ojos.

–Parece exhausto –se atrevió a decir ella aprovechando que era la primera vez que Andreas daba una mínima muestra de debilidad–. ¿Hasta qué hora duró la llamada? Dormir suficiente es fundamental.

–No me dé la lata –dijo él, impaciente–. No aguanto a las mujeres que se ponen pesadas –añadió. Sentía un creciente dolor de cabeza y no estaba acostumbrado a encontrarse mal.

–Dudo que haya alguna lo bastante valiente como para intentarlo –dijo Elizabeth con calma–. Y yo no le he dado la lata, sólo he hecho un comentario. Si quiere caer enfermo, no es mi problema.

–¿Desde cuándo es tan respondona?

Elizabeth decidió que la respuesta más prudente era el silencio. Andreas solía ser provocador, pero no era propio de él buscar pelea. Y no podía olvidar que por más que hubiera dejado de referirse a sus «ocultas intenciones», había una razón muy concreta por la que era su jefe.

Andreas la miró malhumorado y pasó a enumerar una lista de instrucciones que habrían abrumado a cualquiera que no tuviera suficiente capacidad. Pero Elizabeth era una excelente secretaria. Por muy modesta que hubiera sido al hablar de su deseo de estudiar Derecho, era indudable que era muy inteligente. Además, aprendía deprisa y su personalidad se había transformado: el manojo de nervios con tendencia a ruborizarse se había convertido en una eficiente máquina de trabajo.

Gracias a ella, el cambio de emplazamiento de su despacho había sido un éxito. El único problema era que aquel día estaba consiguiendo sacarlo de quicio.

Tampoco ayudaba que cada vez le doliera más la cabeza. Y para cuando repasaron los informes, corrigieron algunos documentos y analizaron los datos de las operaciones pendientes, su único deseo era tumbarse y dormir.

–¿Se encuentra bien?

Andreas gruñó al ver la cara de preocupación con la que Elizabeth lo miraba.

–¡Claro que sí! –dijo, enfadado–. ¡Jamás he estado enfermo!

–Es muy afortunado.

–No tiene nada que ver con la suerte.

–Si eso es todo, iré a ver a James. Hemos quedado para jugar al ajedrez antes de la cena.

–¡Qué manera tan apasionante de pasar la tarde!

El móvil de Andreas vibró, pero al ver que se trataba de Amanda, lo desconectó. Había roto con ella hacía unos días, pero no se sentía capaz de cortar todo contacto, así que Amanda se había convertido en una molestia.

Miró a Elizabeth, que estaba recogiendo su escritorio. ¿Ajedrez? ¿De dónde habría salido aquella mujer?

–Me gusta jugar al ajedrez –dijo ella, como si pudiera leerle la mente–. No se me da muy bien, pero James es un profesor muy paciente.

Andreas la miraba con suspicacia y Elizabeth sintió que se le erizaba el vello al no saber qué estaba pensando. Aunque fuera hermético, había muchas áreas en las que era predecible. Trabajaba mucho y esperaba mucho de los demás porque se marcaba a sí mismo el mismo grado de exigencia. Y aunque seguía desconfiando de ella, Elizabeth tenía que reconocer que se comportaba con ecuanimidad. En cuanto a sus relaciones con las mujeres, lo único que sabía por James era que le duraban sorprendentemente poco. Pero eso no era de su incumbencia.

–¿No le parece un poco aburrido para su edad? ¿No lleva una vida demasiado monástica?

–No me gustan las discotecas –masculló Elizabeth, ya junto a la puerta.

–Tampoco hay ninguna en el pueblo. Pero sí hay hombres, ¿tampoco le interesan?

Su nuevo vestuario le había permitido ver y apreciar su figura, disfrutar de su escote y de sus torneadas piernas.

–No tengo por qué contestar –dijo ella, sintiendo que le ardían las mejillas. Andreas tenía la habilidad de desconcertarla cuando menos lo esperaba–. Que me haya obligado a trabajar para usted no significa que tenga que contestar un montón de preguntas personales.

–No son «un montón de preguntas personales». Me limito a mostrar mi interés. A James le disgustaría que se fuera por falta de diversión en el entorno.

–Eso no va a suceder.

–¿Está segura? –Andreas se acomodó en la silla y estiró las piernas–. En más de una ocasión he pensado que su intención era seducir a James. Pero podría haber otra explicación para su misteriosa aparición en Somerset.

Se había burlado de sus planes para el viernes por la tarde, pero lo cierto era que la perspectiva de ir a Londres y enfrentarse a una quejosa Amanda no le resultaba nada atractiva. Además, el dolor de cabeza empezaba a ser insoportable. Así que tal vez se quedaría a ver la partida de ajedrez. Eso seguro que irritaría a Elizabeth.

–¿Y se supone que debo preguntar a qué se refiere?

–Hace cuatros semanas no hubiera respondido con tanto aplomo. ¡Enhorabuena! Y debería preguntármelo porque tengo una nueva teoría: que su objetivo no era tanto venir aquí como huir de algo.

–¿De qué?

–O de quién. ¿Por eso se ha refugiado aquí? ¿Para recuperarse de un corazón roto?

–Intento reponerme de la muerte de mi madre.

–¿Y su ex jefe? Es fácil enamorarse de alguien con quien se comparte tanto tiempo.

–No es mi caso, y por otro lado, no es asunto suyo.

–Puede que no, pero pensaba que debíamos conocernos un poco mejor. Suelo salir a cenar con mi secretaria una vez al mes para que pueda exponer sus quejas y para que sepa que la aprecio.

–Pero es en un contexto normal de jefe-secretaria. Supongo que a ella no le ha obligado a trabajar para usted.

–No puede engañarme, Elizabeth, sé que lo pasa bien trabajando para mí.

–Pero no disfruto sabiendo que me vigila con la esperanza de que dé un paso en falso. En cualquier caso, esta conversación no va a ninguna parte. Voy a cambiarme. Tendré los informes listos para el lunes. Quizá para mañana mismo, aunque supongo que va a marcharse a Londres –concluyó Elizabeth, crispada.

Andreas se puso en pie y el sordo dolor que le había taladrado la cabeza durante las últimas horas estalló como una granada de mano. Se apoyó en el escritorio para mantener el equilibrio.

Por una fracción de segundo, Elizabeth sintió pánico y se colocó junto a él aun antes de que se recuperara de la sacudida. Pero cuando le preguntó ansiosamente si se encontraba bien, él la ahuyentó con gesto de la mano al tiempo que decía que estaba perfectamente.

–No es verdad. Está muy pálido. Debería ir a la cama.

–Y usted debería dejar de dar órdenes.

–Cállese.

Andreas se sorprendió tanto que estuvo a punto de reír. Elizabeth le pasó la mano por la cintura para que se apoyara en ella.

–¿Qué demonios está haciendo?

–Llevarle a la cama.

El peso del brazo de Andreas sobre sus hombros fue como una barra de plomo. Elizabeth nunca había sido tan consciente de lo menuda que era. Sus senos quedaban a unos centímetros de la mano de Andreas, y sus pezones ardieron con la proximidad, obligándola a apretar los dientes y a concentrarse en ayudarle a subir las escaleras.

–Estoy perfectamente –protestó él, en contra de lo que indicaba el brillo metálico de sus ojos y su respiración entrecortada.

–Yo diría que tiene fiebre.

–Es imposible. Le he dicho que nunca estoy enfermo.

–Puede ser, pero su cuerpo dice lo contrario.

–Está bien. Descansaré un rato.

Milagrosamente y sin que Andreas pareciera haberse dado cuenta, habían llegado a lo alto de la escalera. Y aunque habría podido caminar sin el apoyo de Elizabeth, le resultó reconfortante que lo ayudara y que le abriera la cama.

–¿A qué hora se acostó ayer? –preguntó ella.

–¿No me ha sermonado ya sobre la necesidad de dormir suficiente?

Empezó a desabrocharse la camisa con dedos tembloroso y Elizabeth, que le daba la espalda, no fue consciente de que se desnudaba hasta que oyó el ruido del cinturón cayendo al suelo. Entonces se volvió con cara de susto.

–Se está... desvistiendo.

–No suelo meterme en la cama vestido y con zapatos –la visión de la cama le había hecho darse cuenta de lo cansado que estaba. Fue a quitarse los pantalones sin ni siquiera darse cuenta de que Elizabeth iba precipitadamente a la puerta.

–Voy por un analgésico –balbuceó, dividida entre la necesidad de apartar la vista y la hipnótica imagen de las musculosas piernas de Andrea y sus marcados abdominales.

–Gracias.

Andreas la miró de soslayo y ella volvió la vista hacia su rostro, de donde no debía haberse desviado. Lo dejó metiéndose en la cama y bajó a la cocina. James la entretuvo de camino y se quedó atónito al saber que su ahijado estaba enfermo y en la cama.

–¡Pero si nunca ha estado enfermo! –exclamó–. Tiene que encontrarse muy mal. ¡Llama al médico! O mejor, ya lo llamo yo, por si tengo que recordarle que pagué la construcción del nuevo ambulatorio.

Entraron en la cocina y mientras Elizabeth llenaba un vaso con agua y buscaba los analgésicos, James habló con el médico como si Andreas, en lugar de estar agotado y quizá algo febril, estuviera al borde de la muerte.

Elizabeth pensó que a Andreas no le gustaría haber causado tal revuelo y que su invulnerabilidad pudiera ser cuestionada. Por eso no le hubiera extrañado que se hubiera levantado y estuviera dispuesto a volver al trabajo. Pero no fue así. De hecho, ni siquiera la miró cuando le dejó el vaso y las pastillas en la mesilla, y haciendo un vago gesto con la mano, se giró sobre el costado y le dio la espalda.

—Al menos debería tomar las pastillas —dijo ella, posando la mano en su hombro.

Andreas se volvió hacia ella y se incorporó sobre el codo.

—Está bien, enfermera.

—Ya sé que se considera invencible —dijo ella con severidad—, pero no lo es. Y debo advertirle que James ha llamado al médico, aunque le he dicho que no le pasaba nada.

—¿Cómo puede estar tan segura? Me siento fatal.

—Ya, pero no creo que sea más que una combinación de demasiado trabajo, falta de sueño y un virus.

Andreas bufó con escepticismo.

—Yo creo que tengo algo peor —la miró con desaprobación—. Tengo fiebre. Usted misma lo ha dicho.

—Los analgésicos se ocuparán de eso.

—Tráigame mi portátil. Bueno, no. No tengo ganas de leer informes —Andreas se reclinó sobre las almohadas y cerró los ojos. Elizabeth no supo si era su forma de decirle que podía irse—. Creo que necesito comer algo —añadió Andreas, justo cuando ella ya se marchaba—. Y tráigame el móvil, tengo que cancelar algunas citas. Si estoy a las puertas de la muerte, no pienso ir a Londres.

Elizabeth estuvo a punto de soltar una carcajada, pero se contuvo y le preguntó qué le apetecía comer.

—Use su imaginación. Y dígale a James que no se acerque. No quiero contagiarlo.

—¿En cambio da lo mismo que me contagie a mí?

—Ha pasado la tarde conmigo, así que, si fuera a contagiarse, ya lo estaría. Además, si enfermara, siempre podríamos mover el despacho aquí.

–Supongo que bromea.

–¡Pues claro que sí! –dijo Andreas, malhumorado–. Y ahora déjeme dormir un rato.

–Está actuando como si fuera un drama –dijo Elizabeth a James, después de haber hecho varias llamadas cancelando las citas de Andreas para el fin de semana.

Estaba esperando a preparar unos huevos revueltos a que el médico bajara tras lo que Elizabeth consideraba una visita inútil.

–Nunca ha estado enfermo –dijo James, que estaba sentado en su butaca favorita, en el mirador de la cocina.

–No me extraña –dijo Elizabeth con descaro–. No creo que haya germen lo bastante temerario como para atacarlo.

–Está sofocada –James estudió su rostro detenidamente–. Espero que no le haya contagiado. Dese un baño y póngase ropa cómoda. No sé por qué ha empezado a ponerse tan elegante para trabajar con mi ahijado.

–¡No estoy elegante! Pero tiene razón, voy a cambiarme. Enseguida vuelvo.

De pasada, Elizabeth le dio un espontáneo beso en la mejilla y, aunque protestó, James no pudo disimular el placer que le causó aquella muestra de afecto.

–¡Y no olvide la partida ajedrez! –gritó cuando ella salía–. Aunque comprendería perfectamente que abandonara a un viejo por un atractivo joven. ¡No crea que no sé el lugar que ocupo en su vida!

Mientras se duchaba, Elizabeth pensó que James no tenía ni idea de las implicaciones de su afirmación.

De hecho, el lugar que ocupaba en su vida y en su corazón era tan firme, que había empezado a plantearse no decirle la verdad por temor a poner en peligro la maravillosa relación que había llegado a establecer. ¿Qué era más honesto? ¿Desvelar su identidad a costa de poner en riesgo su relación, o quemar las cartas y callar?

Elizabeth apartó la duda de su mente y bajó a tiempo de oír al médico diciéndole a James que Andreas no tenía más que un catarro.

–¿Ve como tenía razón? –dijo ella mientras hacía los huevos revueltos y tostaba una rebanada de pan.

–¡Pero si es usted la que atiende todas sus necesidades! –dijo James.

–Sólo obedezco órdenes. Su Majestad quería comer algo –bromeó Elizabeth.

–¡Dígale que ya no está dentro del horario que trabaja para él! Maria puede subirle la comida.

–Ya la subo yo –dijo ella, encogiéndose de hombros aunque era consciente de que le apetecía hacerlo–. Además, Maria está preparando la cena.

Evitó mirar a James mientras organizaba la bandeja, pero podía sentir sus ojos clavados en ella. Cuando salió le oyó gritar que sólo faltaba que le llevara unas flores.

Un tanto descolocada por las bromas de James, Elizabeth entró en el dormitorio de Andreas y dijo con aspereza:

–Así que no va a morirse –y sin pausa, añadió–: ¿Por qué demonios ha corrido las cortinas? Parece la morgue.

Fue hasta la ventana y abrió la cortina. Un tímido sol iluminaba en aquel momento la hierba mojada por la lluvia que había caído a primera hora de la mañana.

–¿Dónde se ha metido la mujer dulce y tímida que solía trabajar para ti? –Andreas entornó los ojos para protegerse de la luz–. ¿Cuándo fue sustituida por una hooligan?

–Le he traído algo para comer –dijo ella, ignorando el comentario.

Andreas se incorporó para que Elizabeth le pusiera la bandeja en el regazo, pero cuando ella fue a marcharse, él dio una palmadita en la cama para invitarla a sentarse a su lado.

–No me encuentro bien –dijo, quejoso, evitando mirarla–. Necesito compañía.

–Sólo tiene un catarro –dijo ella, sentándose al borde de la cama.

–¡Es mucho más serio que eso!

–Lo bueno es que no ha perdido el apetito.

–Tengo que reforzar mi sistema inmunológico –Andreas la miró de soslayo–. Pensaba que era una cuidadora innata, pero me parece que no siente ninguna compasión por mí.

–¡Y yo pensaba que usted sería la última persona en el mundo que sintiera lástima de sí misma por tener un catarro! –estar tan cerca de Andreas ponía nerviosa a Elizabeth–. Pero como acostumbra a llevarlo todo al extremo, supongo que actúa igual con un catarro que con el trabajo.

Andreas pareció reflexionar.

–Se ve que me conoce mejor que yo mismo –masculló.

Lo cierto era que los analgésicos empezaban a hacer efecto, pero que Andreas disfrutaba de la atención de ser atendido y de descansar.

Siempre en movimiento, siempre entregándose al

doscientos por cien, dejando agotados a todos sus colaboradores, no recordaba la última vez que su cerebro hubiera estado en reposo. El médico le había dicho que era lógico que enfermara, que las personas que vivían con un alto nivel de adrenalina caían enfermas en cuanto su actividad disminuía mínimamente. Trabajar en Somerset había representado esa pequeña desaceleración, y no podía negar que le sentaba de maravilla tener la excusa para no hacer nada.

Pero no compartiría su secreto, sino que lo aprovecharía al máximo.

–Puede que tenga razón y no sepa estar enfermo.

–O sólo si hace de ello un drama –Elizabeth no pudo contener el sarcasmo–. Ahora será mejor que duerma un rato.

–Debería leer mi correo.

–No puede trabajar –Elizabeth no podía evitar sentirse a un tiempo irritada y divertida por su actitud infantil.

–Está bien –admitió Andreas–. Si sigue yendo hacia el borde de la cama, se va a caer. No se preocupe, no muerdo.

Andreas le dedicó una sonrisa sibilina y, al ver que Elizabeth se sonrojaba, confirmó la sospecha de que sólo cuando bajaba las defensas y abandonaba su actitud de perfecta secretaria, se intuía lo niña y extremadamente femenina que era.

No había logrado averiguar nada que le ayudara a descubrir qué la había llevado a Somerset y seguía desconfiando de ella, pero en momentos como aquél estaba casi dispuesto a darse por vencido y permitir que llevara a cabo su plan, cualquier que éste fuera.

Por algún extraño motivo, el ritmo frenético de

Londres había dejado de seducirlo, y sospechaba que si prolongaba su estancia en Somerset acabaría adaptándose a la vida rural sin que ello contribuyera a averiguar qué demonios pretendía Elizabeth.

¿Cómo era posible que fuera tan transparente y tan opaca al mismo tiempo? ¿Tan práctica y tan despistada? ¿Capaz de mantener la compostura en las situaciones más exigentes y tan nerviosa en los momentos más relajados? Como en ese mismo instante. Estaba sentada con la espalda tan erguida que parecía una muñeca de madera, sus dedos temblaban levemente y una vena le palpitaba en el lado del cuello.

Estaba harto de esperar a que cometiera un error y desvelara algo, lo que fuera, pero que sirviera para tranquilizarlo. Tenía que haber alguna manera mejor y más entretenida de obtener información. Y su maquinador y creativo cerebro no descansaría hasta encontrar la estrategia adecuada.

# Capítulo 5

ELIZABETH estaba soñando que el viento sacudía las ramas de los árboles, golpeándolas contra el cristal de la ventana, mientras ella estaba en la cama con un hombre de tez cetrina que la acariciaba, y bajo cuyas manos se retorcía y gemía pidiendo que tocara cada centímetro de su cuerpo. Aún tratándose de un sueño, una parte de su mente permanecía lo bastante consciente como para sorprenderse de su propia desinhibición y sensualidad.

Oyó alguien llamando suavemente a la puerta y cuando se incorporó, adormecida, vio en el despertador que no eran más que las tres de la madrugada. Se levantó de un salto y se puso una bata. Una llamada a aquella hora tan intempestiva sólo podía deberse a malas noticias, y aunque había dejado a James el día anterior en perfecta forma, la experiencia con su madre le había enseñado que las recaídas podían producirse cuando uno menos lo esperaba.

Como tenía en mente a James y se había imaginado lo peor, se quedó perpleja al comprobar que su visitante era Andreas, con el cabello desordenado, en calzoncillos y con un albornoz negro que no se había molestado en cerrarse.

Todavía acalorada y afectada por la naturaleza erótica del sueño del que acababa de despertar, Elizabeth suspiró aliviada de que no pudiera leerle el pensamiento a pesar de la intensidad con la que sus ojos negros la observaban.

–¿Qué quiere?

–Llevo veinte minutos buscando los analgésicos. ¿Dónde demonios están?

–¿Me ha despertado a las tres de la mañana para eso?

–Estoy demasiado enfermo como para pasar el resto de la noche rebuscando en los cajones de la cocina.

Elizabeth lo miraba con expresión adormilada; llevaba el cabello suelto y despeinado y por primera vez Andreas la veía sin su fachada de secretaria eficiente, sino como una mujer sexy y extremadamente femenina. Con gesto de impaciencia, ella se apretó el cinturón de la bata de un tirón.

–Esto es ridículo– masculló, rozándole al pasar a su lado y sintiendo una descarga eléctrica–. Lo lógico sería que se las hubiera puesto en la mesilla junto con un vaso de agua.

Podía sentir los ojos de Andreas clavados en ella mientras descendían las escaleras en la penumbra. Al llegar abajo encendió una lámpara y se volvió bruscamente, sin calcular que iba tan cerca de ella que prácticamente chocaron.

Como experto en las peculiaridades y los pequeños gestos de las mujeres, Andreas notó la alarma con la que se echó hacia atrás y dedujo que le inquietaba no poder ocultarse tras su máscara habitual. Tuvo la certeza de que se apretaría aún más el cinturón que ya debía de estar estrangulándola, y eso fue lo que hizo.

Elizabeth dio media vuelta y, entrando en la cocina se encaminó con decisión hacia la despensa, sacó de una esquina una escalera, la abrió y subió para alcanzar el último estante, donde estaban las medicinas.

–¿No se le ocurrió mirar aquí? –dijo, airada. Y al volverse lo encontró al pie de la escalera, mirándola fijamente.

–¿La habría despertado si hubiera sabido dónde estaban?

–No lo sé. Tengo la impresión de que está haciendo un drama de un simple catarro.

En lugar de contestar, Andreas estiró los brazos hacia ella y, sujetándola por la cintura la bajó al suelo, acalorada y con las mejillas rojas.

–¿Qué hace?

–Sólo intentaba ser amable.

Elizabeth dio una sacudida a los hombros como si la piel le quemara, mientras Andreas la observaba con expresión divertida. Elizabeth pensó que no tenía aspecto de enfermo. De hecho, sus mejillas estaban menos sonrosadas que la de ella, que sentía que le ardían por culpa de aquel supuesto acto de caballerosidad.

Era la primera vez que la tocaba desde que se conocían y en lugar de sentirse segura, protegida por la ropa, no llevaba más que una bata sobre el cuerpo prácticamente desnudo. Se irguió, recolocándose la prenda al tiempo que le daba a Andreas la caja de analgésicos bruscamente.

–Al menos sabrá dónde están los vasos y el agua.

–O la pongo nerviosa y se atolondra –dijo Andreas, girando lentamente la caja entre los dedos a la vez que la escrutaba con la mirada–. O la pongo nerviosa y quiere saltarme a la yugular.

–¡No me pone nerviosa!

Por primera vez aquella afirmación no era del todo mentira. Había dejado de sentirse un conejo atrapado por una serpiente pitón cuando estaban en la misma habitación. Ya no la ponía nerviosa en ese sentido. Se había acostumbrado a él y no temía ni su feroz inteligencia ni sus cambios de humor.

–¡Y no es verdad que le salte a la yugular! –añadió con firmeza.

Habría dado cualquier cosa para que Andreas no le bloqueara la salida de la despensa, pero no se decidió a empujarlo para que le dejara pasar. Cruzándose de brazos, lo miró con altivez y, al ver la sonrisa en la que se curvaron los sensuales labios de Andreas, supo que había cometido un error.

–Me alegra no ponerle nerviosa –dijo él con voz ronca–. Demuestra que nos empezamos a conocer y que estamos más cómodos el uno con el otro, ¿no le parece? –apoyó el hombro en el marco de la puerta como si pensara quedarse un buen rato.

–Supongo que me he acostumbrado a su carácter impredecible.

–¿Impredecible? Yo no creo que lo sea.

–Será cuestión de opinión. En cualquier caso, es tarde –Elizabeth bostezó y se pasó la mano por el cabello.

Tenía la sensación de que su cabello indomable, que debía de haberse cortado hacía tiempo, la ponía en desventaja porque la hacía incómodamente consciente de su sexualidad.

–Si no le importa... –le indicó con la mirada que quería pasar y Andreas se echó a un lado.

–Disculpe.

–Espero que se encuentre mejor mañana. Si no, avíseme. Tengo muchas cosas que hacer, pero también puedo trabajar en el despacho por mi cuenta para que no piense que me aprovecho de usted.

Ese pensamiento ni siquiera había cruzado la mente de Andreas. En realidad no se sentía tan mal como había dicho, y había disfrutado de aquel encuentro en la despensa, y de la visión del sexy trasero de Elizabeth balanceándose mientras subía la escalera, un trasero que llevaba días observando de soslayo y de cuya visión plena había podido disfrutar por primera vez.

Pero no era lo único que había estando observando sin ni siquiera darse cuenta de ello. Por ejemplo, había fantaseado con ver su cabello suelto, y no le había defraudado. Sus dedos ansiaban hundirse en sus largos mechones hasta sujetarla por la nuca y obligar a su testaruda boca a unirse con la de él en un beso que la dejara implorante.

Andreas sintió su sexo endurecerse bajo el albornoz, despertando su instinto de cazador.

No sabía desde cuándo Elizabeth tenía aquel efecto en él. No tenía sentido seguir engañándose con la idea de que seducirla podía ser el mejor medio para desenmascararla. Eso no significaba que no tuviera curiosidad por descubrir qué oculto secreto se ocultaba en aquella mente, pero lo que verdaderamente quería era descubrir muchas otras de ella y explorar unas cuantas más. Quería oírle gritar su nombre y que aquellos felinos ojos verdes lo miraran anhelantes, con una avaricia que no solía buscar en otras mujeres. De hecho, la lista de cosas que quería hacer con ella no hacía más que aumentar.

Elizabeth había llegado ya a la puerta de la cocina como una matrona que se marchara tras haber dado las buenas noches a un paciente latoso.

—¡Espere!

Elizabeth se volvió a tiempo de verle poner un vaso bajo el grifo y abrir éste con tanta presión, que el agua salpicó todo su entorno. Sin inmutarse, Andreas mantuvo la vista fija en ella mientras se tomaba las pastillas y dejaba luego el vaso bruscamente sobre la encimera.

Aquél era uno de los detalles que Elizabeth ya había observado: lo caótico y poco cuidadoso que era con las cosas de la casa. Destrozaba mesas valiosas dejando tazas sobre ellas, ponía los pies calzados sobre cualquier superficie; comía sándwiches mientras trabajaba sin importarle que las migas cayeran por cualquier parte.

—¿Qué pasa ahora? —preguntó, nerviosa.

—¿No va a escoltarme hasta mi dormitorio?

—Ni usted es mi paciente ni yo soy médico.

—Pero es mi secretaria.

—¿Y ésta es una de mis funciones?

Andreas apretó los labios como si se sintiera reprendido, pero Elizabeth, en lugar de alegrarse, se sintió mezquina y egoísta, como alguien sin sentido del humor, incapaz de reconocer una inofensiva broma.

—Lo siento —se disculpó, bajando la mirada—. Es que estoy cansada.

—Si es preciso, le pagaré por las tareas extra que realice —dijo él con frialdad.

Andreas no estaba acostumbrado a sentirse rechazado, y de pronto pensó que, si Elizabeth se había relajado en las últimas semanas, era porque no había tenido más remedio. De otra manera, no habría podido trabajar a su lado, así que debía haberse resignado a tener que soportar su presencia. Eso la convertía en la primera mujer en su vida que no lo soportaba. Un pensamiento que, por otro lado, y dado su alto nivel de autoestima, le resultaba inconcebible. Aun así, la expresión de alarma con la que Elizabeth se había tomado la idea de subir las escaleras con él, le molestó. Desafortunadamente, su enfado no hizo nada por mitigar la excitación que sentía y en todo caso hacía que le resultara aún más tentador conseguir someterla por pasión, hasta lograr que le suplicara que la poseyera.

–Claro que está cansada –dijo, caminando bruscamente hacia ella–. Y yo he dicho una tontería. Discúlpeme.

–¿Perdón?

–Que me disculpe –dijo él, encogiéndose de hombros–. También por haberla despertado a estas horas para preguntarle dónde estaban las pastillas.

–No ha podido evitarlo. No está acostumbrado a estar enfermo –dijo ella, sonriendo por primera vez con alivio por haber superado aquel momento de tensión.

Apagó la luz de la cocina y cruzaron en silencio el vestíbulo hacia las majestuosas escaleras.

–No pasa un día sin que me maraville lo hermosa que es esta casa –dijo con voz dulce, llevada por la sensación de intimidad que le había dejado aquella breve reconciliación.

Andreas tuvo la tentación de hacer un comentario sarcástico sobre el contraste que debía significar respecto a su habitación en Londres, pero en lugar de eso, se permitió explorar un terreno que para él entraba dentro de lo personal y que solía evitar con las mujeres.

–A mí me pasa lo mismo –comentó.

–Pero usted debe de estar ya acostumbrado –al notar que sonaba más sentimental de lo que hubiera querido, Elizabeth carraspeó.

—Aunque creciera en esta casa, mi padre no era más que un empleado. Pensaba que lo sabía.

Elizabeth sacudió la cabeza y caminó con la mayor lentitud posible. Escuchar una confidencia en labios de Andreas era tan excepcional que quiso alargar el tiempo lo más posible.

—No tenía ni idea —dijo.

—Así que puede que haya vivido siempre aquí, pero nunca he olvidado que mi destino podía haber sido muy distinto —Andreas rió, desconcertado consigo mismo por hablar de algo íntimo. Para él, ése era un territorio propio de las mujeres por el que nunca había mostrado el más mínimo interés.

—¿Y a la mujer de James nunca le importó que fuera una especie de... hijo adoptivo? —preguntó Elizabeth.

James nunca hablaba mal de su esposa; de hecho, apenas decía nada de ella, y jamás había mencionado a su madre.

—A Portia sólo le importaban los bienes materiales que James pudiera proporcionarle. Era una gran anfitriona, pero dudo que el matrimonio hubiera durado de no haber sido James rico. En cuanto a nosotros, le dábamos lo mismo, pero siempre dejó claro que aunque a James le gustara ser un filántropo, ella no nos consideraba más que el servicio.

Andreas frunció los labios al recordar la ocasión en la que Portia se había referido a ellos como «la obra benéfica» de James.

Habían llegado ante la puerta de su dormitorio y se dio cuenta de que estaba sudando, aunque no supo si atribuirlo a los recuerdos que acababa de revivir o a la fiebre.

–¡Qué horror! –dijo Elizabeth.

–Así es la vida –dijo Andreas, quitándole importancia–. ¿Todavía está cansada o va a ser tan generosa como para abrirme la cama para que me acueste? –preguntó, al tiempo que encendía la lámpara de la mesilla.

El corazón de Elizabeth latía con fuerza. El aire se cargó súbitamente de electricidad y de una emoción que no supo identificar.

–¡Así que vuelvo a ser una enfermera! –dijo, riendo.

–Claro que sí. Después de todo, con James se ocupa de acostarlo y de que haga ejercicio a diario... ¿Se ha planteado que va a llegar un momento en que no la necesite?

Elizabeth lo miró angustiada. Claro que lo había pensado, pero igual que la creciente incomodidad que sentía por no haber desvelado su verdadera identidad, había preferido ignorarlo.

–¿Han hablado de ello? –preguntó, intentado dominar el temblor de su voz.

Andreas percibió el pánico que sentía y su curiosidad por averiguar qué ocultaba, volvió a dispararse.

Al ver que los labios de Elizabeth temblaban, alargó la mano sin pensarlo y se los acarició. Por una fracción de segundo, Elizabeth se quedó en blanco y sin respiración. Mecánicamente, alzó la mano y también se los tocó, sorprendiéndose de que no estuvieran ardiendo, tal y como ella los sentía. Igual que sentía el resto del cuerpo.

El leve contacto desencadenó una excitación desbocada y asfixiante, como si se encontrara en el ojo de un huracán, y tardó unos segundos en recomponerse y decirse que no había significado nada. La pasajera intimidad que acababan de compartir debía de haber liberado la capacidad de mostrar afecto de Andreas. Después de todo, era humano, y a pesar de su frialdad, su arrogancia y su irritante inteligencia, debía de quedar en él algún vestigio de empatía. Verla contrariada debía de haber despertado en él, milagrosamente, la necesidad de hacer un gesto compasivo.

Dio un paso atrás aunque se dijo que no era por el terror que le producía el torbellino de emociones que se removía en su interior, sino porque era verdad que estaba cansada y que Andreas necesitaba acostarse para recuperarse de su catarro.

–¿Sabe que me siento mejor?

–Me alegro mucho –dijo Elizabeth, a punto de marcharse–. Ahora sólo necesita dormir.

–Empiezo a darme cuenta de que hace bien su trabajo porque no aguanta ninguna tontería de los hombres.

–No sé si me gusta esa descripción, me hace parecer una gruñona.

–No tiene aspecto de gruñona.

Sin poder contenerse, Elizabeth preguntó:

–¿Y de qué tengo aspecto?

Nada le impedía marcharse, pero algo en su interior la obligaba a quedarse. Andreas intuyó esa contradicción y decidió sacar partido de ella, diciéndose que su empeño en acostarse con Elizabeth no tenía más motivo que el de saciar su curiosidad.

–Siempre he querido ver su pelo suelto –Andreas se quitó el albornoz y fue hacia la cama sin mirar a Elizabeth, pero convencido de que estaría ruborizándose y mordiéndose el labio–. Siempre lo lleva recogido –se metió en la cama, y se recostó con las manos tras la nuca contra el cabecero–. A menudo he fantaseado con soltárselo y verlo caer en cascada sobre sus hombros.

Nunca había seducido a nadie a tantos metros de distancia ni con tanta cautela, pero no quería asustar a Elizabeth desvelando que lo que quería era atraparla y hundir los dedos en aquella despeinada cabellera caoba para comprobar si en la intimidad era tan indomable y salvaje como la imagen que proyectaba cuando no se ocultaba bajo la imagen de chica formal.

Elizabeth se llevó la mano mecánicamente al cabello y luego la dejó caer. El corazón le latía a toda velocidad y era consciente de que las sensaciones físicas que estaba experimentando respondían a algo tan básico como la lujuria. Andreas era un hombre espectacular, tenía un cuerpo que haría volverse loca a cualquier mujer, y había sido imposible sustraerse al poder magnético de su personalidad durante aquellas últimas semanas.

Lo había acompañado a la cocina por las pastillas cuando podía haberse limitado a decirle dónde encontrarlas. Como siempre que le pedía algo que no entraba en la descripción de su trabajo, había protestado, pero lo había hecho. No dejaba de recordarse que no debía confiar en él, que era peligroso, que tenía un millón de características que le resultaban odiosas. Pero al final su propio cuerpo se comportaba como su peor enemigo.

—Estoy más cómodo con él recogido —dijo, sorprendiéndose de que sus cuerdas vocales funcionaran—. Debería habérmelo cortado hace tiempo —concluyó, estremeciéndose ante la intensidad de la mirada de Andreas.

—Me alegra de que se lo hayas dejado crecer —Andreas podía olfatear la inminente conquista, y nunca se había sentido tan satisfecho. Sonrió–. Es raro encontrar una mujer a la que no le importa su apariencia.

–Ése no es un comentario muy amable.

–Viniendo de mí es todo un piropo. Estoy harto de mujeres delgadas con el cabello inmaculado y varias capas de maquillaje.

Ésa era la descripción exacta de Amanda, pero como ya había roto con ella, no tendría por qué sufrirla más.

Elizabeth pensó que sonaba sorprendido de haber llegado a aquella conclusión, y supo que era el momento de marcharse, pero cuando Andreas dio una palmadita en la cama y le dijo que no se quedara parada en la puerta, caminó como una autómata hacia él.

–¿Va a dejar que sacie mi curiosidad? –preguntó Andreas que, aunque mantenía una actitud relajada, sentía su sexo endurecerse bajo la sábana.

La idea de que saciara su curiosidad en ella despertó imágenes a un tiempo aterradoras y tentadoras en la mente de Elizabeth, que le hicieron sentir un sudor frío. Aunque las palabras de Andreas no tuvieran nada de romántico avivaron en ella sus instintos más primitivos.

No recordaba haber sido nunca objeto de una observación tan intensa como a la que Andreas la estaba sometiendo, y la sensación era embriagadora. Se giró levemente y las puntas de su largo cabello rozaron la sábana.

Andreas le dedicó una sonrisa que la dejó sin aliento, pero antes de que sus defensas colapsaran, todavía hizo un esfuerzo de racionalidad.

–Debería dormir para...

Pero no pudo acabar porque Andreas le tomó un mechón de cabello y lo enredó en sus dedos mientras lo miraba con aparente fascinación. Luego la atrajo hacia sí y cuando ella hizo ademán de taparse al ver que se le abría la bata, él le sujetó la mano.

–Es increíble la de tiempo que llevo queriendo hacer esto –musitó.

Y la besó. Primero tentativamente, luego, cuando ella cayó sobre la cama junto a él, con pasión, al tiempo que pasaba un muslo por encima de ella para atraparla.

Elizabeth se aferró a él. Todos los argumentos que se había construido para evitar caer bajo su influjo se hicieron añicos en cuanto la tocó, y su deseo hacia él se manifestó como una fuerza imparable. Dejó escapar un gemido al tiempo que acariciaba el torso de Andreas como una persona ciega que quisiera memorizar cada uno de sus músculos.

–Por lo que veo, sientes lo mismo –musitó él, sin separar los labios de los de ella. Otro gemido y un gesto afirmativo con la cabeza era todo lo que necesitaba–. Entonces, tócame –musitó con voz ronca–. Comprueba por ti misma cuánto he fantaseado contigo.

Tomó su mano y la llevó a su sexo, que estaba tan duro como el hierro, y gimió cuando Elizabeth se lo rodeó y comenzó a estimularlo, simulando la fricción del coito.

Andreas tuvo que detenerla para no llegar al clímax antes de lo que quería, algo que no le había pasado nunca.

–Vayamos despacio –dijo con voz ronca y sensual, al tiempo que le sujetaba las manos por encima de la cabeza y se colocaba sobre ella pero sin tocarla.

Elizabeth estuvo a punto de desfallecer al ver el

magnífico tótem de su masculinidad, emergiendo de su nido de rizos oscuros.

–No te muevas –dijo él. Y, desatando el cinturón de su bata, se la retiró hasta exponer sus senos.

Era aún más hermosa de lo que había imaginado. Permanecía con las manos por encima de la cabeza, los puños y los ojos cerrados. Andreas le acarició el cuello, y cuando la besó lo hizo con parsimonia, indicándole que le haría el amor despacio. Hacer el amor era la mejor medicina. Nunca se había sentido tan vivo.

Dejó su boca para descender por su cuello hasta la clavícula, luego hasta sus senos. Era una tortura ignorar los rosados y orgullosos pezones que parecían rogarle que los tocara mientras se dedicaba a su escote. Entonces trazó con la lengua los dos círculos que rodeaban sus duros botones.

Elizabeth se estremeció. Andreas le había dicho que no se moviera, pero no podía permanecer como una estatua cuando quería mucho más que aquel trato delicado. Lo tomó por la cabeza y ella misma se sorprendió de dirigírsela para que mordisqueara sus pezones, para que se los lamiera hasta hacerla gritar de placer.

Cuando Andreas lo hizo, dejó escapar un gemido y sintió un húmedo líquido entre las piernas. Andreas refrenó el movimiento de su cuerpo colocando una mano sobre su monte de Venus que todavía estaba cubierto con el algodón de sus bragas, a través del que él pudo sentir la humedad que le sirvió de prueba palpable de su excitación.

Elizabeth se meció contra su mano, y Andreas la quitó y, señalándola con un dedo como si la reprendiera, susurró:

–De eso nada. Seré yo quien te lleve hasta el clímax.

Fue descendiendo sobre su cuerpo, besando su vientre, su ombligo. Luego, muy lentamente, le quitó las bragas y aspiró su aroma. Olía a almizcle. Con destreza, le separó las piernas y contempló los pliegues de delicada piel de los que escapaba el fluido de una excitación tan intensa como la suya. Introdujo la lengua en aquel pliegue, saboreando su miel, y Elizabeth se estremeció al tiempo que se cubría el rostro con el brazo.

No podía mirarlo porque temía llegar al orgasmo con sólo ver su cabeza entre sus muslos haciéndole cosas que nunca le había hecho nadie. Su cuerpo estaba actuando como si tuviera voluntad propia, y acudía al encuentro de la boca de Andreas para que se adentrara más en ella e intensificar la fricción con su pulsante clítoris.

Estaba ansiosa por sentirlo en su interior, pero Andreas supo en qué preciso momento detenerse para que tampoco ella llegara antes de tiempo.

Andreas no tardó ni un segundo en colocarse un preservativo antes de penetrarla con un gemido de satisfacción del que no fue consciente. Ya dentro, empujó con fuerza, acelerando el vaivén hasta que sintió que Elizabeth llegaba al límite, y entonces él, junto con ella, sintió que llegaba un orgasmo que lo sacudía hasta la médula.

# Capítulo 6

LLEGAS tarde –dijo Andreas, mirando el reloj deliberadamente.

En circunstancias normales, no le habría importado, puesto que con su acostumbrada eficiencia, Elizabeth se había asegurado de preparar toda la documentación que necesitaba para cerrar un acuerdo, y en su vida normal eso era lo único que le preocupaba.

Pero, desafortunadamente, le había resultado imposible concentrarse en el trabajo. Durante la semana que se habían convertido en amantes, Elizabeth había trastocado su mundo hasta el punto de que la normalidad había perdido su significado.

De hecho, había sido ella quien había rechazado cualquier intimidad durante las horas de trabajo a pesar de que él, por primera vez en su vida, había estado dispuesto a romper la norma de no mezclar placer y negocios.

«El escritorio sería un lugar mucho más fascinante si te tuviera echada sobre él, a la altura perfecta para explorarte con mi lengua», le había dicho, insinuante.

Elizabeth se había reído y había rechazado tanto esa oferta como la del sofá o la butaca de cuero.

Andreas no se había dado por vencido.

«Jamás había hecho una oferta así a nadie que haya trabajado conmigo. Nunca mezclo placer y trabajo».

«Es una gran regla. Las relaciones personales en una oficina tienden a complicar las cosas».

«¿Lo dices por experiencia personal?»

«No. Porque he sido testigo de unas cuantas».

«¿No entiendes que el que esté dispuesto a hacer una excepción debería halagarte?».

Elizabeth se había limitado a sacudir la cabeza y a encender el ordenador.

La frustración de Andreas había ido en aumento y por primera vez en su vida estaba distraído y el trabajo ocupaba un lugar secundario. Desde que se acostaban, Elizabeth había dejado aflorar un parte de su personalidad cuya rigidez lo desconcertaba, y era ella la que imponía estúpidas reglas y normas en las que el espacio de trabajo era un lugar sacrosanto que no debía verse intoxicado por cuestiones personales.

A veces se preguntaba si se trataba de un juego de seducción. Si manteniendo las distancias pretendía mantener su interés vivo. ¿Sería la cazafortunas que había sospechado y, tras abandonar la idea de seducir a su padrino, lo había convertido a él en su presa?

Lo cierto era que ni siquiera eso le importaba. Sus planes de desenmascararla habían quedado aplastados por un incontrolable deseo que lo consumía las veinticuatro horas del día.

Y sin embargo, en lugar de sentir lo mismo y querer pasar el mayor tiempo posible con él aunque sólo fuera para tenerlo cerca, Elizabeth llegaba al despacho con casi una hora de retraso.

–Lo siento –dijo Elizabeth con una sonrisa de disculpa al tiempo que se sentaba.

Cada vez le costaba más reconciliar las dos versiones de sí misma que convivían en su interior: la desinhibida y entregada amante de las noches; y la empleada que mantenía a su jefe a distancia, ignorando su intensa mirada o las caricias furtivas que le hacía con la excusa de pasar junto a ella o de darle unos documentos.

Aun siendo capaz de concentrarse en el trabajo, Andreas no intentaba disimular cuánto la deseaba, y Elizabeth sabía que estaba sentada sobre una carga de dinamita. Ya se sentía demasiado implicada y por eso mismo era vital que mantuviera la cabeza fría.

Por otro lado, había alcanzado cierta calma al haber tomado la decisión de no desvelar su identidad a James porque veía en ello más inconvenientes que ventajas. Por encima de todo, quería evitar que James pensara que su presencia allí había sido una maniobra para hacerse con parte de su fortuna. No podía soportar la idea de que sospechara de sus intenciones o de que le resultara sospechoso que no le hubiera dicho antes quién era, o que no lo hubiera contactado antes por correo para darle la oportunidad de ser él mismo quien decidiera si quería o no conocerla.

En cualquier caso, estaba segura de que la sólida base en la que se había cimentado su relación, se tambalearía, y ella prefería guardar silencio a poner en riesgo el afecto que James sentía por ella.

Cuando ya no la necesitara, buscaría un trabajo en las inmediaciones para poder seguir visitándolo y para permanecer en su vida. Se convertiría en su hija aun sin serlo nunca abiertamente.

Y lo que había pasado con Andreas era una razón más para callar. Cada vez que pensaba en las consecuencias, se encontraba perdida en un laberinto del que no encontraba salida, por eso mismo prefería no planteárselo. La única medida que había sido capaz de adoptar había sido separar completamente su aventura sexual de su relación profesional. Sólo así podía mantener cierto control, que en aquel momento le era imprescindible. De otra manera, Andreas la dominaría, debilitaría su voluntad, para luego, cuando se aburriera de ella y la abandonara, dejarla perdida y con el corazón hecho añicos. Por eso tenía que protegerse e impedir que Andreas supiera hasta qué punto la afectaba. Tenía que impedir a toda costa desnudar su alma porque, de lo contrario, tendría que revelar su identidad y explicar los motivos de su viaje a Somerset.

La sacó de su ensimismamiento sentir la asfixiante y adictiva presencia de Andreas al lado de su escritorio.

–Puesto que eres tú la que está empeñada en no mezclar las cosas, deberías ser lo bastante profesional como para ser puntual.

–¡Eso es injusto!

–También es injusto que no me dejes tocarte durante las horas de trabajo. ¿Por qué has llegado tarde?

–Estaba planeando una dieta con el nutricionista de James. Tenemos que conseguir que la comida le resulte menos sosa, pero sin añadir sal –dijo ella sin alzar la vista.

Pero la memoria era traicionera, y bastó ver el muslo de Andreas para recordar su cuerpo iluminado por la luna la noche anterior, moviéndose sobre el de ella hasta arrastrarla a un clímax que la dejó sollozante.

–¡Qué divertido! ¿Lo habéis conseguido?

A Andreas no se le escapó el gesto nervioso con el que Elizabeth se pasó la lengua por los labios ni el que su respiración se acelerara.

–Al menos hemos pensado un par de cosas. El caso es que se me ha pasado el tiempo y por eso he llegado un par de minutos tarde.

–Cuarenta y cinco.

–Pero ya me había ocupado de que tuvieras todos los documentos de Matheson en tu correo.

–¿Cuándo los mandaste? –Andreas volvió a su escritorio y se sentó–. Cuando te dejé no estabas en condiciones de trabajar –añadió, lanzándole una mirada insinuante que hizo que el corazón de Elizabeth diera un salto.

–No podía dormir –respondió con la respiración entrecortada.

Su mente había estado ocupada con la preocupación de la importancia que Andreas estaba adquiriendo para ella, y trabajar le había servido para distraerse.

–¿Y decidiste trabajar? Espero no estar contagiándote. Si no recuerdo mal, tenías una mala opinión de los adictos al trabajo.

Elizabeth le dirigió una mirada de reproche y él sonrió. Su mal humor se había diluido al saber que pensar en él le producía insomnio.

–Llevo un tiempo queriendo decirte algo –comentó.

–¿De trabajo?

–Por supuesto. ¿Acaso me dejas hablar de otro tema mientras estamos en el despacho? Acerca la silla.

–¿Por qué?

–Para que no tenga que gritarte.

Andreas la observó mientras colocaba la silla obedientemente delante de su escritorio. Así podía verle el escote que asomaba por los dos botones abiertos de su blusa blanca. Sólo tardaría dos segundos en cerrar la puerta con llave y explorar el terreno que tan familiar le era por debajo de su uniforme de trabajo. Era consciente de la ironía que representaba que fuera él quien estuviera ansioso por romper las rígidas normas que siempre se había impuesto. Hasta entonces era siempre él quien había trazado las líneas que las mujeres no podían traspasar. Les hacía el amor y las inundaba de regalos, pero siempre dormía solo y las relegaba a un segundo plano en cuanto tenía que trabajar.

Jamás había tenido que apretar los dientes a media noche al ser enviado a su propia cama, tal y como sucedía cada noche con Elizabeth. Tampoco antes se había encontrado garabateando el nombre de una mujer en un papel para luego arrugarlo y tirarlo a la papelera con una mezcla de irritación y culpabilidad. Por todo ello, había tenido que buscar una solución al problema y la había encontrado.

–¿Te has planteado qué vas a hacer con tu vida en el futuro?

–¿Yo? –Elizabeth lo miró desconcertada–. Creía que íbamos a hablar de trabajo.

–Primero quiero que me contestes. ¿Has pensado en qué vas a hacer?

–La verdad es que no.

–Pues tienes la suerte de que yo, sí –Andreas se puso en pie, caminó hasta la ventana y contempló el jardín.

–Gracias, pero no es necesario que planees mi futuro –dijo Elizabeth, risueña.

–¿Por qué no? Tengo la impresión de que serías capaz de olvidarte de todo y quedarte aquí indefinidamente.

Puesto que no había respuesta para una intuición

que se aproximaba peligrosamente a la verdad, Elizabeth guardó silencio y esperó.

–Pero eso sería una locura. Eres joven y puede que, por el momento, todo esto –Andreas abrió los brazos incluyendo la maravillosa vista que contemplaba– te seduzca, pero más tarde o más temprano terminará por aburrirte. Y cuando empieces a reflexionar sobre el tiempo que has pasado aislada en medio de la nada...

–Hablas como si viviéramos a años luz del pueblo más próximo.

–Ansiarás vivir en un sitio más animado –concluyó Andreas como si no hubiera sido interrumpido–. Por otro lado, James pronto dejará de necesitarte. Según su médico, en un mes debería haberse recuperado plenamente, y tiene a Maria para cuidar de él –Andreas frunció el ceño porque Elizabeth había inclinado la cabeza y no podía ver su rostro–. Tu presencia será entonces innecesaria.

Elizabeth sintió que los ojos se le llenaban de lágrimas. Llevaba tanto tiempo evitando pensar en la situación, que verla descrita tan crudamente le resultaba insoportable.

–Pero puedes estar tranquila –añadió Andreas en tono triunfal–, porque yo he pensado en una solución.

–¿Qué solución?

–Que vengas a Londres conmigo –dijo Andreas con una sonrisa de oreja a oreja.

–¿Que vaya a Londres contigo? –repitió Elizabeth, atónita.

–Así de sencillo. Yo no puedo quedarme aquí indefinidamente y quiero que vengas conmigo.

–Pero si ya tienes secretaria.

–Así es, y no pienso despedirla –dijo Andreas, impacientándose–. Tengo suficientes personas trabajando para mí como para poder delegar en ellas e instalarme aquí todo este tiempo. Tú vendrías en calidad de mi amante –concluyó, caminando hacia ella y apoyando ambas manos en los reposabrazos de su silla.

Durante unos segundos Elizabeth no fue capaz de asimilar lo que acababa de oír, pero cuando consiguió interpretarlo, apoyó las manos en el pecho de Andreas y lo empujó.

–¿Quieres que lo deje todo para convertirme en tu amante?

–Tu trabajo aquí terminará en unas semanas. Puede que el término no te guste, pero lo que quiero decir es que podríamos continuar nuestra relación, y que sería bueno... –se pasó la mano por el cabello con impaciencia. Había calculado que debía elegir las palabras adecuadas, más siendo Elizabeth de naturaleza romántica, pero a él el romanticismo no se le daba bien–. No deberíamos tener aquí esta conversación –masculló, mirándola como si la hubiera iniciado ella.

–¡Andreas, no puedo ir a vivir contigo!

Lo cierto era que la propuesta era malévolamente atractiva, imprudente y peligrosa, pero tentadora. Elizabeth sabía que había dado vacaciones a su sentido común y que en su lugar había dejado actuar la parte más indómita y despreocupada de su personalidad, pero también sabía que corría el riesgo de perder toda estabilidad emocional.

–¿Por qué no? Tendrías todo lo que quisieras y yo no tendría que esperar a que todo el mundo se acueste para ir a tu dormitorio como si fuera un adolescente.

–¿Y qué haría yo mientras estás en viaje de negocios? ¿Esperarte pacientemente?

–¿Por qué piensas sólo en las dificultades? El sexo entre nosotros es fantástico y no quiero darlo por terminado. Sería una solución sencilla para un problema simple.

–¿Y qué pasaría cuando te aburrieras de mí?

–¿Por qué adelantarse a los acontecimientos?

–Porque soy así de aburrida y prefiero estar preparada –dijo Elizabeth, solemne.

No mentía. Su ida a Somerset era el primer acto irreflexivo que había hecho en toda su vida. Conocer a su padre había sido una bendición, pero en otros aspectos estaba segura de que lo pagaría caro. Se había enamorado de Andreas, el hombre que en aquel momento clavaba la mirada en ella intentando convencerla de que solucionara el «simple problema» de desearla, accediendo a compartir su vida hasta que se hartara de ella.

–A mí me pasa lo mismo, menos en lo relativo al sexo. ¿Por qué eres tan testaruda?

–Porque no me parece una buena idea.

–¿No te atraigo?

–Sabes perfectamente que ése no es el caso –murmuró Elizabeth, ruborizándose.

–Lo sé.

Andreas por fin había encontrado un resquicio en la negativa de Elizabeth por el que podía actuar. La deseaba, y él siempre conseguía lo que se proponía.

Se acercó a Elizabeth hasta que ésta no tuvo más remedio que alzar la mirada para mirarlo a los ojos, y Andreas sintió una primaria satisfacción en lo que pudo ver en la profundidad de sus ojos verdes. Elizabeth lo deseaba tanto como él a ella, y si para conseguirla tenía que esforzarse un poco más, lo haría.

Le acarició la mejilla y se puso en cuclillas para ponerse a su altura.

–No se me da bien expresar algunas cosas –dijo. Y aquella muestra de vulnerabilidad en alguien que jamás daba ninguna, emocionó a Elizabeth–, pero pedirte que compartas mi espacio, que nos acostemos y nos despertemos juntos, es algo excepcional.

Trazó con sus dedos los labios de Elizabeth antes de alargar la mano hacia su nuca, soltarle la trenza y aflojar su cabello caoba.

–¿Qué... qué estás haciendo? –balbuceó ella al ver caer las murallas que tan cuidadosamente alzaba para protegerse–. Quedamos en que...

–De eso nada.

Andreas fue lentamente hacia la puerta y la cerró con llave. A oír el ruido, Elizabeth se volvió sobresaltada, mientras se preguntaba cómo podía haber sido tan ingenua como para creer que Andreas, un hombre apasionado y acostumbrado a conseguir lo que quería, cumpliría sus normas. Se puso en pie recordándose que en el despacho era su empleada y no su amante, pero cuando intentó hablar las palabras no salieron de su boca, y se quedó mirando a Andreas, que corrió las cortinas hasta dejar la habitación en penumbra.

–Deberíamos trabajar... –dijo con la respiración entrecortada mientras Andreas se acercaba a ella con un andar felino.

–Lo sé. Pero estoy dispuesto a saltarme todas mis reglas por ti.

Elizabeth se quedó hipnotizada por la intensidad de su mirada y cuando Andreas la atrapó entre sus brazos, no pudo oponer resistencia. Él la besó sintiendo el bienestar del triunfo. Elizabeth se había resistido y se oponía a ir con él a Londres, pero que se entregara tan fácilmente era una respuesta mucho más sincera que cualquiera que pudiera expresar con palabras.

Siguió besándola a la vez que la empujaba hacia el escritorio y la sentaba sobre éste, frente a sí.

–Ésta es una de mis fantasías –empezó a desabrocharle la blusa con dedos temblorosos–. El escritorio de Londres es tan grande como una cama, pero jamás me había planteado qué sentiría al ver a mi mujer tendida sobre él.

El cerebro de Elizabeth se detuvo unos instantes en el placer que le proporcionó oírle llamarla «su mujer», pero al instante lo olvidó porque sabía que para él no significaba nada.

–Y sin embargo contigo –soltó el último botón y empezó con el sujetador–, no he pensado en otra cosa desde que trabajamos juntos.

Al ver sus senos desnudos no pudo evitar una exclamación. Por más familiarizado que estuviera con cada centímetro de su cuerpo, su belleza no dejaba de admirarlo. Y la única explicación que encontraba a no cansarse de ella era que sus sensuales curvas eran un agradable contraste con la sobredosis que había experimentado de mujeres esqueléticas.

Tampoco llegaba a comprender que las sospechas que aún albergaba sobre ella no afectaran ni un ápice un deseo tan intenso que casi le resultaba doloroso.

La empujó suavemente hacia atrás para que se tumbara con las piernas colgando y la observó con expresión hambrienta.

Elizabeth nunca había experimentado una sensación de poder tan grande como la que Andreas le otorgaba, y pronto había descubierto cuánto le gustaba ejercerlo.

Le hacía sentir fuerte y frágil a la vez, amante y esclava.

En aquel momento Andreas acariciaba sus senos con sus manos y su boca, y saberse medio desnuda mientras él seguía vestido le resultó extrañamente excitante.

–Por favor, Andreas... –gimió cuando él empezó a succionar uno de sus pezones con fuerza.

–¿Qué?

–Quítate la ropa.

–Cuando esté listo, querida.

Andreas le sujetó las manos al costado, y ella, en respuesta, se retorció de placer contra su boca mientras él la arrastraba a una creciente espiral de satisfacción, mordisqueando y succionando sus senos alternativamente.

Cuando Elizabeth no pudo más, le quitó las bragas de un solo movimiento antes de posar su mano sobre su vientre y deslizar los dedos hacia el interior de su húmeda cueva, frotándola y acariciándola mientras seguía atendiendo a sus senos con su boca.

Elizabeth dejó escapar un profundo gemido y Andreas finalmente se quitó la ropa sin dejar de mirarla ni un instante. Le había enseñado a sentirse orgullosa de su cuerpo y le gustaba que no hiciera nada por ocultarlo.

Toda ella actuaba sobre él como un poderoso afrodisiaco, incluso la manera en la que miraba su cuerpo desnudo y el dulce gemido que emitió cuando él se tocó el sexo para llamar su atención sobre la firmeza de su erección. Más tarde, lo probaría con su boca, y sólo pensarlo estuvo a punto de hacerle estallar.

Borrando esa imagen de su mente, le abrió las piernas y se arrodilló para hacer lo que llevaba deseando hacer desde que se sentaba delante de él para tomar notas.

Elizabeth jadeó y contuvo el aliento, expectante, antes de suspirar prolongadamente cuando él empezó a lamerla, encontrando los puntos en los que la más mínima presión amenazaba con hacerla estallar.

Para cuando la penetró, Elizabeth estaba tan excitada, que apenas tardó unos segundos en verse sacudida por un orgasmo que la dejó extenuada.

Cuando volvió a la realidad, Andreas la miraba con una sonrisa de satisfacción.

–Es la primera vez que la realidad es tan magnífica como la fantasía –murmuró, al tiempo que se agachaba para recoger la ropa.

Elizabeth se incorporó y se vistió con manos temblorosas, sintiendo un ataque de pánico al darse cuenta de que todas sus defensas habían colapsado.

Para Andreas aquello había sido un juego sexual, un entretenimiento. Para ella representaba tanto que ni siquiera quería planteárselo.

Contra su voluntad, el amor había ido haciéndose un hueco en ella, pero al menos hasta entonces había creído retener cierto control sobre sus emociones. Ya no podía seguir engañándose. ¿En qué se había convertido? ¿En el objeto sexual de Andreas?

Él tenía el poder de destruir su vínculo con James si lo quería, y ella, estúpidamente, le había dado el poder de hacerlo. No podía culparse más que a sí misma.

Volvió a su escritorio sin reunir el valor suficiente como para mirar a Andreas. Éste se sentó en el borde del escritorio y dijo:

–Espero haberte demostrado que mi plan de Londres es inmejorable. Nunca creí que llegaría a decir esto, pero sea el que sea el hechizo que has usado conmigo, estoy dispuesto a seguir sometido a él.

Elizabeth añadió mentalmente un par de comentarios como: «hasta que me canse» y «cuando eso pase, olvídate de seguir viendo a mi padrino».

–Parece que no me entiendes, Andreas. No voy a ir contigo a Londres. Ya sé que James no va a necesitarme indefinidamente, pero he decidido buscar un trabajo en la zona. Me gusta el campo y la proximidad al mar. No hay nada en Londres que me atraiga.

Que acabaran de compartir un sexo espectacular, que hubiera repetido su oferta, la mejor que Elizabeth recibiría en su vida, y que la rechazara, dejó a Andreas sin palabra.

La sonrisa se borró de sus labios, y la miró con frialdad. No era propio de él suplicar, y en aquel momento, tratar de convencerla, empezaba a entrar en esa categoría. Encogiéndose de hombros, volvió a su escritorio y encendió el ordenador.

–Como quieras –dijo con fingida indiferencia.

Al comprobar que aceptaba su negativa sin inmutarse, Elizabeth pensó que ya no sabía qué lugar ocuparía a partir de entonces en su vida, y la posibilidad de que no fuera ninguno la aterrorizó.

–Espero que esto no afecte a nuestro trabajo en común –balbuceó.

Sonó el teléfono de Andreas. Antes de contestar, la miró con gesto inexpresivo.

–Claro que no. Haces muy bien tu trabajo. El sexo sólo era un agradable extra.

¿Un extra? Elizabeth abrió la boca para protestar por su arrogancia, pero Andreas había contestado ya al teléfono y le indicó con la mirada que daba la conversación por concluida. Por si no entendía el mensaje, cubrió el auricular y señalando con la barbilla hacia la puerta, dijo:

—Es una llamada privada. ¿Por qué no te tomas la tarde libre? Si te necesito, ya te llamaré.

Y, girando la silla, le dio la espalda, despidiéndola con la misma indiferencia que solía mostrarle varias semanas atrás.

# Capítulo 7

ELIZABETH no vio a Andreas el resto del día y, con más pesar del que estaba dispuesta a admitir, asumió que ya no trabajaría para él.

Tuvo que ser ella quien diera una vaga explicación a James, dándole a entender que su ahijado volvería pronto a Londres.

–¡Qué lástima! –dijo James, escrutando su rostro–. Supongo que lo echará de menos. Últimamente ha estado muy animada.

Elizabeth balbuceó que no sabía a qué se refería, pero se puso roja y le inquietó el brillo que vio en los azules ojos de James.

Tras una pausa, él añadió:

–Tranquila, sé lo que sucede y no voy a importunarla con preguntas.

Por primera vez la cena resultó extraña, con el asiento vacío de Andreas convertido en mudo centro de atención. Elizabeth hizo lo posible por actuar con normalidad, pero las preguntas que había logrado acallar durante tanto tiempo, emergieron en busca de respuestas.

El plan inicial de conocer a James y desvelarle su identidad sólo cuando mejorara, se había descarrilado por la presencia de Andreas y la pasional relación que había surgido entre ellos. Pero el mayor problema era que sólo se había cuenta de que estaba enamorada de él después de hacerse amantes.

A la mañana siguiente, Elizabeth asumió que Andreas habría vuelto a Londres, pero por si se equivocaba y sintiéndose incapaz de enfrentarse a él, planeó un día fuera y llevó a James al salón de té para que disfrutara de una de sus visitas a Dot Evans, a la que trataba con gruñona coquetería. Su relación había evolucionado y ella a veces los visitaba en casa, ganándose una reprimenda cuando le llevaba flores y pasteles, que James rechazaba diciéndole que le hacía sentirse un inválido.

Cuando Dot se ofreció a llevar a James a casa, Elizabeth decidió pasar el resto de día de excursión. Por si se daba la circunstancia de que Andreas esperara que fuera al despacho, había terminado todo el trabajo que quedaba pendiente y le pidió a James que se lo dijera.

–¿Por qué no se lo dice usted misma? –dijo él, malhumorado–. ¿Desde cuándo le asusta mi ahijado? ¡Es la única persona que conozco que le planta cara!

Elizabeth balbuceó una mala excusa sobre su móvil y la falta de cobertura, y se marchó.

Pero ya sola, con la libertad de explorar un territorio que apenas había visitado desde su llegada a Somerset, no consiguió ni relajarse ni disfrutar del paisaje. Por más que su mente se empeñara en que viviera el presente, no conseguía salir del círculo vicioso de angustia mezclada con culpabilidad, y el temor a la incertidumbre del futuro.

No tenía ni idea de qué le diría a Andreas cuando volviera a verlo y sólo pensar en ese encuentro le aceleraba el pulso y le formaba un nudo en el estómago.

Para las tres de la tarde estaba ansiosa por volver a casa, pero se obligó a prolongar su excursión un poco más y finalmente llegó después de las cinco.

Cuando tomó el sendero que accedía la casa tuvo la premonición de que algo iba mal al ver un deportivo rojo aparcado en un extraño ángulo al pie del porche.

Elizabeth entró con cautela por la cocina, y estaba llegando al pie de la escalera cuando la voz chillona de una mujer la paró en seco.

–¡Tú!

El monosílabo le llegó cargado de ira. Elizabeth se volvió lentamente y sus asombrados ojos verdes se encontraron con la mirada de hostilidad de un par de ojos azules. La mujer que tenía ante sí y que la observaba con los brazos en jarras era la más guapa que Elizabeth había visto en toda su vida. Llevaba un traje pantalón gris y unos tacones que la hacían aún más alta de lo que ya era. Elizabeth, que se sentía acalorada y no llevaba una gota de maquillaje, sintió al instante que perdía la seguridad en sí misma y retrocedió hasta asirse a la barandilla de la escalera.

–¿Es a mí? –preguntó, mirando a su alrededor para cerciorarse de que la desconocida se dirigía a ella.

Carraspeó mientras seguía observando la increíble belleza de la mujer, que tenía el cuerpo de una gacela y el cabello rubio cortado en una perfecta melena. De no haber sido porque fruncía el ceño, su rostro podía haber sido descrito como el de un ángel.

–¡Sé lo que ha estado pasando! –exclamó.

–¿Perdón?

–¡Andreas me lo ha contado todo!

–¿Se puede saber quién eres? –preguntó finalmente

Elizabeth, subiendo un peldaño de la escalera hacia atrás como si temiera ser agredida.

–Soy la novia de Andreas, o mejor, lo era hasta que se le pasó por la cabeza que sería una buena idea acostarse con el personal.

Elizabeth sintió que palidecía a la vez que en su interior estallaba una mezcla de vergüenza e ira.

–¿Eres su novia?

¿Andreas se había estado acostando con ella y tenía una novia que, además, parecía salida de la portada de una revista?

De pronto vio bajo una luz muy distinta las risas y la pasión que habían compartido, la camaradería que habían desarrollado trabajando juntos, e imaginó a Andreas como un hombre aburrido por el tedio del campo, que decidía entretenerse con un poco de sexo. En Londres se acostaría con la modelo y, en medio de la nada, compartiría su cama con una vulgar empleada.

Elizabeth jamás se había sentido tan humillada.

–¿Ha roto contigo por mí? –dijo a duras penas, tratando de aferrarse a la poca dignidad que le quedaba.

–Ha roto conmigo porque tú estabas a mano, disponible.

Elizabeth dio media vuelta y empezó a subir las escaleras, preguntándose si ésa sería la versión que Andreas le había dado. Quizá le había divertido acostarse con una mujer por la que no habría mostrado el más mínimo interés en circunstancias normales. ¿No le había dicho innumerables veces que era «única»? Ése era un adjetivo que podía significar muchas cosas, y muchas de ellas no eran precisamente halagadoras. También un perro con tres cabezas era único, pero nadie querría pasar el resto de su vida con él.

¿Y no era ésa la idea que se había agazapado en el fondo de su mente durante aquel tiempo, un destello que no había querido avivar, pero que prendía en su cerebro cuando Andreas se iba y el rastro de su aroma y de su cuerpo quedaban en su cama como una marca intangible de su presencia?

Se volvió con la mano ya en el pomo de su dormitorio y vio que la mujer la había seguido.

–¿Acaso crees que has ganado?

–Yo diría que hemos perdido las dos.

–¡Ni sueñes con meternos en el mismo saco! Mírate. Eres... ¿Quién se fijaría en ti?

Elizabeth tuvo que alzar la cabeza para mirarla a los ojos, pero aquel insulto le ayudó a recuperar la calma.

–Puede que nadie, pero te aseguro que no iría detrás de un hombre si me abandonara –tras una pausa, añadió–: ¿Sabe Andreas que estás aquí?

–¡Claro! Hablamos ayer –dijo la mujer con sorna–. De hecho estoy segura de que en cuanto me vea recordará lo que se ha estado perdiendo. Puede que tu disponibilidad le haya resultado cómoda, querida, pero te aseguro que Andreas va a volver a la civilización y tú no vas a ir con él.

–Lo sé –dijo Elizabeth sin pensárselo–. Ya se lo he dicho.

–¿El qué?

–Que no voy a mudarme a vivir con él –rió con amargura–. Ayer rechacé su oferta, y ahora me doy cuenta de que he tenido mucha suerte. Por mí, puedes quedártelo. Os merecéis el uno al otro.

Elizabeth abrió la puerta, pero no pudo cerrarla a su espalda porque la mujer se lo impidió.

–¿Andreas te pidió que te mudaras a vivir con él?

–Preferiría no hablar de esto. Por favor, márchate.

–¿Por qué iba a proponerte algo así? Me había hablado de ti, de que habías aparecido de la nada... –la mujer clavaba en Elizabeth sus ojos azules como dos dagas–. Jamás te pediría que compartieras su casa con él.

Dio media vuelta y bajó las escaleras precipitadamente, mientras Elizabeth la seguía con la mirada con la sensación de haber sido catapultada a una película de terror en la que todo el mundo tenía texto menos ella. ¿Adónde habría ido la rubia? ¿Al despacho de Andreas? ¿Seguiría él allí? ¿Por qué iba a quedarse si James estaba casi recuperado? En caso de que hubiera prolongado su estancia por ella, esa excusa ya no existía. Y la mujer rubia tenía razón. En comparación con su espectacular belleza de modelo, ella resultaba tan atractiva como un trozo de queso rancio.

Se obligó a darse un relajante baño, y se lavó y secó el cabello con la esperanza de que Andreas y la bruja se hubieran marchado para cuando bajara. Encontró la casa tan silenciosa al ir al encuentro de James en el salón que llegó a creer que había tenido suerte. Por eso se quedó perpleja cuando abrió la puerta y descubrió a Andreas y a James sentados frente a frente en un silencio helador.

–¡Tenemos visita! –masculló James, mirando con ira a su ahijado–. Una alimaña ha encontrado el camino hasta aquí.

–¿Se refiere a la rubia? –preguntó Elizabeth, sintiéndose invadida por una súbita calma–. Lo sé. Nos hemos encontrado. Por lo visto –volvió una mirada glacial hacia Andreas–, es tu novia.

Elizabeth comprobó con placer que Andreas se ponía rojo. Ella se colocó detrás de James y apoyó las manos en sus hombros para que le sirviera de apoyo moral.

–Deberías haberme hablado de ella, Andreas. Seguro que le hubiera gustado venir de visita.

–Ya ha venido –dijo Andreas con aspereza al tiempo que iba hasta el mueble bar y se servía una copa de vino–. Y ahora se vuelve a Londres

A Elizabeth le irritó que estuviera tan tranquilo mientras ella sentía la ira crecer en su interior.

–¡Qué tontería! Hay cena como para...

–Estás extralimitándote –dijo Andreas, cortante–. Cuando necesite tu opinión sobre posibles invitados, te consultaré. Además ya he hablado suficiente con mi padrino sobre Amanda. En cambio me gustaría saber dónde has pasado todo el día.

–Descansando.

–No te pago para eso.

–Había acabado todo el trabajo pendiente y he pensado que me merecía un día libre.

James le apretó afectuosamente una mano en un gesto que no pasó desapercibido a Andreas, quien le lanzó una mirada de ira que Elizabeth no comprendió.

–¡Vamos, chicos! Estoy demasiado mayor como para oíros discutir, y aún más para tener que aguantar a una de tus muñecas.

–¡Amanda no es mi muñeca! –dijo Andreas entre dientes–. Lo dejamos hace tiempo.

Elizabeth se preguntó con amargura si la fecha de la ruptura habría coincidido con el día que Andreas decidió que quería un nuevo juguete y, de no haber estado James presente, se lo habría preguntado porque estaba ansiosa por hacerle unas cuantas preguntas cuyas respuestas estaba segura de conocer de antemano. Habría querido arrojarle algo. Jamás se había sentido tan alterada y lo peor era saber la razón: Andreas la había cambiado y no le gustaba en lo que la había convertido. De ser alguien de buen temperamento, equilibrada y paciente, había pasado a ser un manojo de nervios que saltaba por todo.

Al notar que clavaba los dedos en los hombros de James, respiró profundamente y se sentó en una butaca, decidida a hacer un esfuerzo por reconducir la conversación hacia la normalidad mientras Amanda hacía la maleta y se marchaba a Londres.

Pero apenas se había sentado cuando la puerta se abrió de par en par y en el vano apareció Amanda como un ángel vengador. En lugar del traje pantalón llevaba un vestido rojo que le abrazaba el cuerpo como una segunda piel. Y Elizabeth dedujo que mientras Andreas intentaba tranquilizar a su padrino, ella había aprovechado para darse un baño y arreglarse.

James y Andreas permanecieron paralizados durante una fracción de segundo. El primero, preparando una de sus andanadas; el segundo, mirándola con un rictus de frío desdén.

Elizabeth casi sintió lástima de Amanda porque, tal y como él mismo le había dicho en una ocasión, no había nada que Andreas odiara más que una mujer histérica. Y Amanda tenía todo el aspecto de estar preparada para montar una gran escena.

Entró en la habitación blandiendo un paquete de cartas. Elizabeth, al reconocerlas, sintió que la cabeza le daba vueltas. Hizo ademán de levantarse, pero las piernas no la sujetaron y colapsó sobre la butaca.

–¡Pensaba que querríais ver esto! –dijo Amanda, exultante, mostrando los sobres azules.

–No tienes derecho a... –musitó Elizabeth.

–Te equivocas. ¡Tengo todo el derecho del mundo a desenmascararte! No sé a qué has estado esperando para reclamar lo que te corresponde –Amanda la miró con una mezcla de desprecio y satisfacción–. ¡Mucha suerte!

Giró sobre sus tacones sin ni siquiera mirar a Andreas, pero con un movimiento calculado para enfatizar la perfección de su cuerpo y que sirviera de recordatorio a su ex amante de lo que se perdía.

Elizabeth estaba demasiado aterrorizada como para sentir envidia. Con la mirada clavada en el paquete de cartas que Amanda había tirado descuidadamente sobre la mesa de caoba que ocupaba el centro de la habitación, no sabía si recogerlo y salir huyendo, o aceptar la fatalidad y enfrentarse a su destino.

Tardó unos segundos en darse cuenta de que James y Andreas la miraban. Éste fue el primero en romper el silencio:

–¿No piensas darnos una explicación? –dijo, clavando la mirada en los sobres como si tuviera la convicción de que en ellos encontraría la prueba de que sus sospechas habían sido fundadas.

La Pequeña Inocente había palidecido y se retorcía las manos con aspecto de culpabilidad.

–¿Puedo hablar con James en privado? –preguntó Elizabeth tímidamente. Al ver la mirada airada de Andrea, se levantó con resignación, recogió las cartas y se las tendió a James–. ¿Recuerdas a una mujer llamada Phyllis? La conociste hace veinticinco años. Tenía treinta y dos años y tú casi cincuenta. Estaba loca por ti, pero no sabía que estabas casado...

James la miró conteniendo el aliento y tomó las cartas con manos temblorosas.

–Claro que la recuerdo. Solía llamarla Mi Batido de Vainilla por el color de su cabello y por la dulzura que aportó a mi vida –se secó unas lágrimas–. Su nariz era muy parecida a la tuya, querida. Me temo que ahora mismo no puedo leerlas. ¿Me permites quedármelas?

–Te lo habría dicho antes –Elizabeth se arrodilló frente a él y agachó la cabeza–. ¡Deseaba tanto conocerte...! Y entonces descubrí que estabas enfermo y temí que la noticia pudiera perjudicarte.

Cuando sintió la mano de James sobre su cabeza, suspiró aliviada y la tensión que había acumulado los últimos meses estalló en forma de un llanto incontenible. Aunque sentía la mirada de Andreas clavada en su espalda intentó no preocuparse por lo que pensara y concentrarse en que lo único importante era que su padre la aceptaba.

–Lo siento –musitó, sorbiéndose la nariz.

–Yo también, querida. Pero lamentarse no sirve de nada. Andreas, déjanos un momento por favor. Tenemos mucho de qué hablar.

Elizabeth salió del salón dos horas más tarde. James no había leído las cartas y ella imaginó que lo haría en privado, y que quizá reflexionaría sobre las oportunidades desperdiciadas y las ocasiones perdidas, aunque James había insistido en que no valía la pena arrepentirse, sino que debían pensar en el futuro.

Por su parte, Elizabeth se sentía por primera vez en paz consigo misma. Tras ayudar a James a subir a su dormitorio, donde Maria iba a llevarle la cena, fue hacia la cocina. Al pasar por la ventana en forma de arco del vestíbulo, comprobó que el deportivo rojo había desaparecido, y sonrió para sí ante la ironía de que la supuesta venganza de Amanda se hubiera convertido en el mayor favor que podía haberle hecho.

Al entrar se topó con Andreas, que sostenía una copa en la mano y parecía haber estado esperándola todo aquel tiempo, como si hubiera adivinado que después de tantas emociones, iría a tomarse un café. Pero su rostro no tenía nada de comprensivo.

Elizabeth se paró en seco y esperó en vano a que su corazón se desacelerara. Mientras hablaba con James había sido consciente de que a continuación tendría que enfrentarse a Andreas y la idea la aterrorizaba, pero en ese instante, decidió ser ella quien atacara primero en lugar de darle la oportunidad de reducirla a cenizas y dejarla sin capacidad de reacción.

Reprimió el impulso de decir: «Lo siento. Sé que estás furioso, pero por favor intenta comprender mi situación», que fue lo primero que pensó, y, dejándose llevar por la amargura, exclamó:

—¡No me habías dicho que tuvieras novia! ¿Qué habrías hecho con ella si llego a aceptar tu oferta de ir a Londres? ¿O pensabas quedarte con las dos?

—¿De verdad crees que estás en condiciones de pedir explicaciones?

—Tratas a la gente como si fueran objetos, Andreas, porque no tienes sentimientos.

—¿Cómo te atreves a dar lecciones sobre cómo hay que tratar a los demás? Permite que te recuerde que eres una mentirosa y, con toda seguridad, una cazafortunas.

Andreas nunca se había sentido tan furioso por haber sido engañado. ¿Cómo había sido capaz de acallar sus sospechas y haberse dejado arrastrar por algo tan controlable hasta aquel momento de su vida como la lujuria? En presencia de su padrino había tenido que contenerse, pero había guardado su ira para cuando se encontraran a solas. ¿Qué pretendía Elizabeth? ¿Hacerle sentir mal y desplazar hacia él el sentimiento de culpa?

–¿Seguías acostándote con ella mientras planeabas seducirme?

–No tengo por qué contestar ese tipo de preguntas.

–¿Y por qué tengo yo que contestar las tuyas?

Elizabeth sostuvo la mirada de ira de Andreas, que intentó convencerse de que la mujer que se había presentado en aquella casa hacía unos meses, tan tímida y vulnerable, era una impostora, y que la verdadera Elizabeth era la que tenía ante sí, altanera y segura de sí misma.

–Te presentaste en esta casa como un ángel de la guarda para explorar el terreno –dijo con frialdad–, ¿y piensas que no tienes que dar ninguna explicación? Te recuerdo que entre tanto, has adoptado el papel de moralista y me has acusado de ser un arrogante.

–Si lo que quieres decir es que soy una hipócrita, te equivocas –dijo Elizabeth en un último intento de no dejarse apabullar al mismo tiempo que sentía que perdía la fuerza y se daba cuenta de que, lo quisiera o no, amaba a Andreas y le destrozaba que tuviera una opinión tan espantosa de ella.

–Si has mentido desde el principio, ¿por qué tendría que creer que eres quien dices ser?

–Porque sólo yo conozco algunos detalles que James también conoce. Siento no haber dicho toda la verdad desde el principio, pero...

–¿Pero?

Andreas tuvo la intuición de que no mentía, pero no fue capaz de reconocer que estaba comportándose como un idiota.

–Primero no quise alterar a James. Y luego las cosas se complicaron.

–No creo que fuera tan complicado decir quién eras cuando sabías la fortuna que podías heredar.

Elizabeth dio un paso atrás como si la hubiera abofeteado, anonadada por el odio que destilaban las palabras de Andreas. En su mundo en blanco y negro ella había osado engañarlo y eso era equiparable a un pecado capital.

–Mi venida no tuvo nada que ver con el interés material, aunque supongo que, viniendo de ti, esa acusación no debería sorprenderme.

Andreas se quedó mirándola, y darse cuenta de que en una fracción de segundo sus ojos verdes lo aplacaban contribuyó a irritarlo aún más.

–¿Qué quieres decir? –preguntó a su pesar. Mostrar curiosidad era una muestra de debilidad, así que añadió–: Olvídalo, me da lo mismo.

–Pues te lo voy a decir aunque no quieras oírlo –dijo ella, intentando mantenerse firme–. Desde el primer momento pensaste lo peor de mí, y he sido una ingenua creyendo que al conocerme en profundidad te darías cuenta de que no soy el tipo de persona que imaginabas.

–¡Por favor, no intentes hacerme creer que eres pura como la nieve! Los mentirosos no tienen derecho a dar discursos morales. Dime, ¿qué piensas hacer ahora?

Elizabeth desvió la mirada, angustiada al comprobar que su relación se hacía añicos al tiempo que se recriminaba por ser la única culpable de haberse implicado demasiado.

–¡No pensaba haber dicho quién era! –exclamó ante la mirada de incredulidad de Andreas–. Me bastaba con estar cerca de mi padre.

–¿Pretendes que te crea?

–Claro que no.

–Se ve que me conoces bien –dijo Andreas con frialdad–. Pero no has contestado a mi pregunta.

Elizabeth se encogió de hombros.

–Sé que James... mi padre... ya no me necesita. Me ha pedido que me quede aquí, pero le he dicho que voy a buscar trabajo y casa en la zona.

–¡Qué honorable! Ya veremos cuánto tarda en tentarte volver al lujo de esta mansión y no tener que pagar alquiler.

–¡No pienso seguir hablando contigo! –dijo Elizabeth, crispada.

–Muy bien, pero antes quiero que te quede claro que yo no soy mi padrino, y que pienso vigilarte desde Londres. Como vea un solo movimiento extraño en sus cuentas, sabrás lo que es bueno.

Elizabeth se quedó mirándolo en silencio. De todo lo que había dicho lo único que se fijó en su mente fue que Andreas volvía a Londres, y al instante sintió el vacío de su ausencia sin que le sirviera de consuelo recordar que su relación no había sido más que un capricho pasajero para él, y que cuanto antes acabara, mejor.

Dio media vuelta con los ojos llenos de lágrimas y salió de la cocina, súbitamente exhausta. Sólo al llegar al pie de la escalera se dio cuenta de que, lo quisiera o no, era inevitable que Andreas y ella siguieran en contacto a través de James, y que si su mundo colapsaba cada vez que oyera su voz o lo viera, acabaría enloqueciendo.

Tenía que encontrar una manera de superar sus sentimientos hacia él. Afortunadamente, que se supiera la verdad le permitiría a partir de entonces intimar verdaderamente con su padre y cuidar de él como habría querido hacer desde el principio, como una hija y no como una empleada. Eso la ayudaría a recuperar parte de su equilibrio mental y a poner su relación con Andreas en perspectiva.

Quizá con el tiempo su corazón sanaría y volvería a vivir. Hasta era posible que llegara a interesarle algún hombre y que se engañara al creer que Andreas era irreemplazable. No tenía sentido amar a alguien tan arrogante, tan cruel y tan frío.

Tenía que recuperar su antiguo ser para que todas las piezas volvieran al lugar que les correspondía.

Lo que no sabía era que eso iba a ser imposible.

# Capítulo 8

COMO las hélices del helicóptero imposibilitaban mantener una conversación, Andreas tuvo finalmente la ocasión de reflexionar sobre lo que estaba pasando en Somerset. Había trabajado durante toda la semana hasta dejar exhaustos a todos sus colaboradores, pero ni siquiera eso le había servido para quitarse a Elizabeth de la cabeza.

Pensaba en ella en los momentos más inoportunos: en medio de una reunión, mientras cenaba con una modelo, en el gimnasio, mientras escribía un informe. Por su culpa, incluso había perdido un partido de squash con un contrincante al que siempre ganaba.

Ni siquiera dormía bien, y eso sí que era excepcional. ¿Lo habría embrujado? ¡Qué estupidez! La situación era sencilla: chico conoce a chica y desconfía de ella; chico se acuesta con chica; chica resulta ser una mentirosa; chico rompe con ella y la olvida. ¿Por qué entonces tenía a Elizabeth metida en la cabeza como si pensara quedarse a vivir en ella?

Miró por la ventana hacia la tierra, que se desplazaba rápidamente a sus pies, apenas visible en la oscuridad, y frunció el ceño al recordar la conversación que había mantenido el día anterior con su padrino.

James estaba exultante desde que Amanda había destapado la verdad, y Andreas había tenido que aguantar un sinnúmero de conversaciones sobre la felicidad que había reencontrado en su vida.

Debía haber adivinado que llegaría un momento en el que James querría hacer partícipe de esa felicidad a todo el mundo, y sin embargo, se había quedado perplejo cuando le había anunciado que iba a celebrar una fiesta por todo lo alto para presentar a su hija a toda la buena sociedad de Somerset.

«Creía que *la buena sociedad* te era indiferente», le había dicho él. «Siempre decías que eran unos esnobs y que sólo los aguantabas por Portia».

Pero Elizabeth también parecía haberlo cambiado en eso.

«Estoy ansioso por presumir de mi preciosa hija», había insistido James, entusiasmado. «Espero que puedas venir. Elizabeth y tú os llevabais tan bien que me extraña que no hayas venido a vernos».

«Sólo ha pasado una semana, James, y no he parado de trabajar».

La misma razón por la que no había acudido a ninguna fiesta en Londres. Aparte de que siempre le resultaban tediosas.

Por eso mismo no lograba comprender qué hacía en aquel momento, vestido con su mejor traje italiano, volando en helicóptero a la mansión.

Pensar en que Elizabeth, a pesar de su insistencia en que sólo quería estar cerca de su padre, debía estar disfrutando de su recién adquirida popularidad, hizo que frunciera aún más el ceño.

Como era lógico, había pensado en visitar Somerset, pero en otras circunstancias, y siempre que lo imaginaba, suponía que Elizabeth haría lo posible por evitarlo, lo que a su vez le producía una opresión en el pecho que llegaba a ser dolorosa. No conseguía comprender qué le pasaba. Sólo sabía que había pasado de ser un hombre con un control férreo sobre sí mismo y las circunstancias que lo rodeaban, a sentirse arrastrado por anhelos y deseos que le impedían mantener la cabeza fría con la que siempre había conseguido mantener su universo en orden.

–Llegaremos en cinco minutos, señor.

Andreas masculló algo. Para cuando llegaran a la fiesta, estaría en su plenitud y Elizabeth, con toda seguridad, disfrutaría de su lugar protagonista. Al fin y al cabo, no todos los días una chica de origen humilde tenía la suerte de llegar a lo alto de la escala social ni tenía la oportunidad de codearse con los hijos, sobrinos y amigos de «lo mejor de la sociedad», entre los que, probablemente, habría un buen partido disponible.

James ya se había ocupado de insinuarlo antes de colgar: «No quiero que se aburra, así que espero que encuentre un hombre adecuado».

«Ninguno de tus amigos sería *adecuado*», había dicho él precipitadamente, perturbado por la imagen de Elizabeth con otro hombre en la cama.

«No, pero puede que alguno de sus hijos, sí». James se había reído antes de añadir: «No sabes la curiosidad que siente la gente por ver al viejo ermitaño y a su hija. ¡No hay nada como un buen escándalo para crear expectación! Nunca pensé que me reiría tanto a estas alturas de mi vida.

Un chófer había llevado su coche desde Londres y lo esperaba en el helipuerto para conducirlo a la mansión, pero ni siquiera en el silencio y la soledad del asiento trasero fue Andreas capaz de concentrarse en el trabajo, sino que su mente siguió dando vueltas a la situación con la que estaba a punto de encontrarse.

Era absurdo pensar que Elizabeth fuera a prestarse a salir con lo que James podía considerar como solteros elegibles. Los que Andreas había conocido en las fiestas de Portia podían clasificarse en dos categorías: aristócratas sin más méritos que su título nobiliario, y agentes de bolsa agresivos y ricos, y le costaba creer que Elizabeth se sintiera atraída por ninguno de los dos tipos. Aunque quizá sí estuviera dispuesta a quedar con ellos para no desilusionar a James.

Andreas apretó los dientes. Repasó la agenda de su teléfono distraídamente, pero sólo sirvió para recordarle cuánto se había aburrido en la cena con la bella Isobel, su última adquisición rubia, y para echar de menos los tiempos en los que las mujeres sólo le interesaban como distracción al final de un día de trabajo.

Metió el teléfono en el bolsillo, sintiendo que su mal humor se incrementaba al tomar el desvío que llevaba a casa de James, y que empeoraba aún más al ver la casa profusamente iluminada y el patio decorado con urnas de flores y caldeado con grandes estufas de exterior. Los coches desbordaban la zona de aparcamiento y ocupaban ambos lados del sendero de acceso. Había invitados en el jardín y en el patio, charlando y fumando, y Andreas no pudo evitar acordarse de las fiestas de Portia, a las que era invitado por insistencia de James.

–Déjeme aquí –dijo, dando un golpecito al chófer en el hombro–. Y llévese el coche a Londres. Ya volveré por mi cuenta. Esta noche alójese en el hotel del pueblo. Diga que lo pagaré yo.

–Muy bien, señor.

Andreas bajó del coche mientras se preguntaba por qué no habría seguido su instinto y dejado que James y Elizabeth disfrutaran solos de su nueva popularidad.

En ese preciso momento Elizabeth pasaba por delante de una de las ventanas que daba al patio, pero no vio la figura de un hombre que caminaba hacia la casa con las manos en los bolsillos y expresión sombría, porque estaba demasiado ocupada intentando pasar desapercibida a pesar de su vestido rojo, sus altos tacones y el elaborado peinado que le habían hecho aquella mañana.

Había intentando por todos los medios que su padre cambiara de idea y no diera la fiesta, pero lo había visto tan animado que no había querido desilusionarlo. Intuía que, aunque él jamás lo habría admitido, llevaba años sufriendo los rumores de que él era el culpable de que Portia no se hubiera quedado embarazada, y que presentarla a sus amigos era una forma de reivindicarse. Así que había accedido, pero después de apenas una hora sometida a la curiosidad general, de presentaciones y conversaciones insustanciales, estaba a punto de tirar la toalla y buscar la salida más próxima.

Y eso que había hecho un esfuerzo sobrehumano para animarse.

James le había dicho, decepcionado, que Andreas no acudiría, y ella se había limitado a encogerse de hombros como si le diera lo mismo, para a continuación demostrar que no era cierto al decir que debía estar contento viviendo de nuevo el ajetreo de Londres, después del aburrimiento que el campo habría representado para él. A lo que James había contestado que le sorprendía que usara un tono tan despectivo, cuando Andreas y ella se habían llevado de maravilla durante el tiempo que trabajaron juntos.

Elizabeth miró a su alrededor en busca de su padre. Para alguien que se consideraba poco sociable, parecía estar pasándolo en grande charlando con unos y con otros y ocupándose de sus viejos amigos, incluida Dot, que había organizado todo. Como tenían amigos comunes con los que ella había permanecido en contacto, le había resultado sencillo elaborar la lista de invitados, que había superado la centena.

Elizabeth tomó una copa de champán de la bandeja de un camarero que pasó a su lado y suspiró con resignación al ver que Toby Gilbert iba hacia ella. Se trataba de un abogado de éxito al que jamás habría conocido de no haber entrado en el selecto mundo de su padre. Era encantador, elegante y sofisticado. James lo había invitado junto con algunos otros jóvenes para «animar la velada» según le había dicho.

–No da la impresión de que lo estés pasando bien –dijo él, estudiándola con un brillo divertido en sus ojos azules, al tiempo que tomaba un canapé de una bandeja–. No te culpo, debe de ser horrible que todo el mundo esté pendiente de ti.

Llevaba el cabello rubio más largo por la parte de delante que por detrás, en un corte preciso que, aunque juvenil, no restaba seriedad a su imagen profesional. Al tiempo que iniciaba una conversación banal con él, Elizabeth pensó que debía de tener mucho éxito con las mujeres, y que era una lástima que ella estuviese obsesionada con el hombre equivocado.

Se había obligado a no pensar en Andreas, y para

ello, bebió de un trago lo que le quedaba de champán y fingió estar interesada en lo que Toby le decía, aunque no logró impedir que su mente vagara.

Por eso tuvo la certeza de que veía visiones cuando le pareció ver a Andreas mirándola desde la puerta del salón. Parpadeó para borrar la imagen y luego contuvo el aliento al darse cuenta de que el hombre que en ese momento dedicaba unas palabras al círculo de admiradoras que se había formado a su alrededor, no era una invención de su cerebro.

Un Andreas imaginario no estaría riendo con las atractivas rubias que lo rodeaban, pero Elizabeth pensó que quizá su imaginación y la realidad no se correspondían, tal y como Andreas le había demostrado al ser capaz de seducirla mientras estaba con otra mujer, o al aferrarse a la mala opinión que tenía de ella porque no se había molestado en escucharla. Pero sobre todo, Andreas era el hombre que le había robado el corazón para luego demostrarle que lo que habían compartido no significaba nada para él.

Elizabeth sintió una oleada de tristeza invadirla y se obligó a concentrarse en el hombre que tenía ante sí y a mostrar interés por lo que le contaba, mientras se recordaba que debía sentirse halagada de que un hombre tan atractivo le prestara atención.

Pero por más que se esforzó, sentía los nervios a flor de piel y no podía evitar seguir a Andreas por el rabillo del ojo en su recorrido por el salón. Como si fuera un miembro de la realeza, no daba un paso sin que alguien acudiera a estrecharle la mano. Y Elizabeth pensó que estaba espectacular, con el cabello peinado hacia atrás, camisa blanca y un traje cortado a la perfección.

Se preguntó si la habría visto y asumió que trataría de evitarla. Sin embargo, se alegraba de que el rechazo que sentía hacia ella no le hubiera impedido acudir a la fiesta de James, que aunque había reaccionado con serenidad, debía de estar muy disgustado con la ausencia de su ahijado.

Entre tanto, continuó reaccionando en los momentos adecuados para hacer creer a Toby que seguía la conversación. En circunstancias normales, quizá le habría divertido la anécdota que le contaba sobre un caso que había ganado meses atrás. Desafortunadamente, ni siquiera recordaba la última vez que se había sentido normal, y en aquel preciso momento no lograba dejar de estar pendiente de cada mínimo movimiento de su propio cuerpo, a pesar de que estaba dando la espalda a Andreas.

–Gilbert.

La sensual voz de Andreas le acarició la nuca y le puso la piel de gallina. Se volvió lentamente.

–Hace tiempo que no coincidíamos –continuó Andreas–. ¿Sigues trabajando en Taylor Merchants? He oído que despiden abogados todos los días, y que ya no reparten bonos. Claro que siempre puedes encontrar dinero donde menos lo esperas, ¿verdad, Elizabeth? –concluyó sin molestarse en mirarla.

Andreas sabía que se trataba de un golpe bajo, pero Toby Gilbert nunca le había caído bien y verlo hablar con Elizabeth lo había sacado de sus casillas.

Nada más verla vestida espectacularmente y al ver las miradas de soslayo que le lanzaban los hombres, había tenido que apretar los dientes. Era evidente que James no había bromeado al hablar de encontrarle pretendiente.

Aunque Toby se había tensado, el temor y respeto que inspiraba Andreas le impidió responder a su insulto.

–Yo todavía no he perdido el empleo. Y en cuanto al dinero... No soy de los que se interesan por las mujeres ricas, pero está claro que con o sin James, Elizabeth haría volverse unas cuantas cabezas.

–¿Ah, sí? –Andreas sintió una presión en el pecho acompañada de un ataque de ira que le costó contener.

Elizabeth se estremeció al percibir la frialdad de su tono, y comprendió que debía tomarse el insulto como la prueba definitiva de que no quedaba nada entre ellos.

–No a todo el mundo le dan pánico las sorpresas, Andreas –dijo. Y posando la mano sobre el brazo de Gilbert al tiempo que lanzaba una mirada retadora a Andreas, añadió–: Gracias por el cumplido, Toby.

Andreas terminó el contenido de su copa de un trago.

–Perdónanos, Toby –dijo amablemente, a pesar de que la imagen de Elizabeth tocándole el brazo lo cegaba de ira–. Tenemos que hablar en privado.

La partida de Toby creó una intimidad entre ellos que los aisló del resto de invitados. Elizabeth miró a su alrededor buscando a James en un intento vano por retomar contacto con la realidad exterior.

–Creía que no ibas a venir –dijo, volviendo la mirada a Andreas.

Él la miró fijamente al tiempo que hacía girar la copa con una mano y mantenía la otra en el bolsillo. Elizabeth pensó que era con diferencia el hombre más guapo de la fiesta y le mortificó saber que eso dificultaba aún más sus esfuerzos por olvidarlo. James había invitado a unos cuantos hombres jóvenes para que la entretuvieran, pero bastaba con que uno concreto apareciera para que los demás se borraran de su vista. ¡A pesar de la crueldad con que la había tratado! ¿Qué más pruebas necesitaba de que era estúpida?

–Yo también, pero no he podido resistir la tentación de ver qué tal llevabas tu recién adquirida fama.

–No tengo ninguna fama.

–¿No has leído las revistas del corazón? Mi secretaria me trajo ayer un par. Te dedican más de un párrafo.

Elizabeth palideció al suponer lo que Andreas debía de haber pensado al ver que se hablaba de ella en la prensa cuando le había jurado que no estaba interesada ni en la fortuna ni en el estatus de James. No quería imaginar lo que se habría dicho de ella, y se alegraba de no haber leído ninguno de los artículos a los que Andreas se refería.

–Han merodeado por aquí algunos periodistas –dijo entre dientes, encogiéndose de hombros.

–No buscaban a James, sino a ti. Y tengo que reconocer que pareces haber encajado en tu nuevo círculo con mucho... aplomo. Incluso diría que tienes un aspecto diferente –dijo Andreas al tiempo que le acariciaba un mechón de cabello.

Elizabeth se echó hacia atrás automáticamente.

–¿Quieres decir que no parezco el ratoncillo asustado que se presentó aquí hace dos meses? –preguntó ella, recordando la imagen perfecta de Amanda–. Me he alisado el cabello y me he puesto un vestido de noche porque James se ha empeñado, pero sigo siendo la misma de siempre. Si lo que buscas es glamour, hay por aquí unas cuantas candidatas. ¿O has venido con alguien más de tu estilo? –concluyó, acompañando sus palabras con una mirada a su alrededor.

–Sólo siento curiosidad por saber qué ha sido de tu plan de buscar un trabajo en la zona.

–Veo que sigues sospechando de mí.

–Me limito a preguntarme si aún prefieres una vida sencilla o si has desterrado esa idea junto con tu falsa identidad y la capacidad de persuasión que desplegabas en la cama.

–¡No pienso seguir soportando tus insultos! –exclamó Elizabeth, pero en lugar de separarse de él, se quedó parada como si estuviera imantada al suelo.

De hecho, todo su cuerpo estaba electrificado por la proximidad de Andreas y tuvo que apretar el puño para no alargar la mano y tocarlo. Respiró profundamente para combatir la tentación y dejar de pensar en qué sucedería si lo hiciera, al tiempo que se recordaba que no sólo era el hombre que la había utilizado, sino que además la sometía a continuos insultos.

–¿Hasta qué punto formaba esto parte de tu plan original?

Andreas sabía que no tenía sentido continuar aquella conversación, pero todavía no se había recuperado del shock de saber que James había decidido actuar de celestino, y menos aún de haber descubierto al entrar que el plan empezaba a dar fruto, tal y como demostraban el aspecto y la actitud seductora de Elizabeth, así como el evidente efecto que tenía en los jóvenes solteros de la fiesta. A Gilbert sólo le habría faltado colgarse un cartel diciendo que estaba interesado en ella. Si en algún momento había pensado que Elizabeth no se sentiría atraída por ese estilo de hombre, la duda lo había asaltado al instante.

Su imaginación, de hecho, lo llevó hacia un terreno que le resultó insoportable: la posibilidad de que hubiera sido idea de ella hacer una fiesta para buscar al hombre adecuado.

—¿Qué quieres decir?

—¿Qué si el paso siguiente a «llegar a conocer mejor a James» era «conocer a un soltero apropiado»? ¿Qué margen de tiempo te has dado antes de recorrer el pasillo hasta el altar?

—¿De verdad quieres saberlo? —replicó Elizabeth, ofendida.

—¿Así que no lo niegas?

—¿Por qué iba a hacerlo si no me creerías?

Ésa no era la respuesta que Andreas esperaba y se irritó consigo mismo por haber dejado que la conversación se desviara hacia aquel tema.

—¿Y el elegido es Gilbert?

—¿Qué más te da? —preguntó Elizabeth, sacudiendo la cabeza con fingida indiferencia—. Puede que salga con varios candidatos al mismo tiempo, y no tienes derecho a censurarme, puesto que ésas son las reglas por las que tú te riges.

—¿Te refieres a Amanda? No tengo por qué dar explicaciones a nadie.

—Claro que no, porque sólo piensas en ti mismo —masculló Elizabeth. Y decidió que era el momento de marcharse, antes de que Andreas viera el dolor que sentía bajo su fachada desafiante—. Y para que lo sepas, Gilbert, quiero decir, Toby, es fantástico: guapo, agradable, listo...

—¿Necesitas repasar sus virtudes para llegar a creértelas?

Andreas estaba desconcertado de que pudiera irritarle tanto la existencia de un hombre que hasta ese momento le había resultado completamente indiferente.

Elizabeth le lanzó una mirada fulgurante y Andreas contuvo el impulso de seguir provocándola, diciéndose que, después de todo, lo que hiciera o dejara de hacer no era de su incumbencia. Debía lavarse las manos y recordar que no tenía ningún vínculo con ella. Recordarlo le ayudó a recuperar la calma y a concentrarse en cuestiones más prácticas.

—En realidad no era de eso de lo que quería hablar contigo —dijo.

Elizabeth lo miró con desconfianza. Aunque estaban en un lateral, era consciente de que la gente les lanzaba miradas de curiosidad.

—Nos están mirando —comentó—. Deben de estar preguntándose qué pasa.

Si pensaba que así se libraría de él, estaba equivocada. Andreas se encogió de hombros.

—Me da lo mismo.

—Está bien. ¿Qué querías decirme?

—Puesto que vas a formar parte de la vida de mi padrino y que vamos a vernos regularmente, vas a tener que hacer un esfuerzo para no sentir tanta animadversión hacia mí.

Elizabeth fue a protestar diciendo que la animadversión era mutua, pero cerró la boca antes de iniciar otro asalto de una pelea de la que Andreas acabaría haciéndola responsable. Si continuaba respondiendo a sus provocaciones, Andreas terminaría por darse cuenta de cuánto la afectaba y de cuáles eran sus verdaderos sentimientos hacía él, y eso tenía que evitarlo a cualquier precio. Así que se limitó a asentir con la cabeza para que Andreas continuara.

–Pienso seguir visitando a mi padrino tan a menudo como pueda. Si piensas que te he utilizado como entretenimiento mientras estaba fuera de Londres, es tu problema, pero vas a tener que superarlo –al sentir que recuperaba el control, Andreas consiguió librarse de parte de la tensión que lo había dominado. Fríamente, apartó de su mente la perturbadora imagen de Elizabeth con Gilbert convenciéndose de que no valía la pena pensar en ello, y con la mirada velada, añadió–: Aun así, y lo quieras o no, hemos compartido unos cuantos buenos momentos, y por eso quiero darte un consejo.

–¡No necesito ningún consejo! –exclamó Elizabeth, odiando que se refiriera de ese modo a una relación que había sacudido los cimientos de su mundo.

–Te equivocas –contestó él en tono paternalista–. Puede que con ese vestido parezcas una mujer sofisticada, pero sigues siendo una ingenua –alzó la mano al ver que Elizabeth iba a protestar y continuó–: Tengo la obligación moral de advertirte que reflexiones antes de elegir como objetivo a cualquiera de los hombres de este salón.

–¿Por qué no pertenezco a su clase?

Andreas soltó una risita sarcástica.

–Te sorprendería saber en qué queda el orgullo de las clases altas en tiempos de crisis económica. No: debes tener cuidado porque a todos, incluido Gilbert, les gusta tontear, y por lo que sé de ti, no parece que estés interesada en relaciones pasajeras.

–¿Lo dices porque no estuve dispuesta a ir a Londres? Yo quería quedarme junto a James.

–¿Y si no hubiera sido por él, habrías accedido a ser mi amante?

Andreas se recriminó hacer una pregunta con la que volvía a demostrar que Elizabeth le importaba más de lo que estaba dispuesto a reconocer. La forma en la que ésta se ruborizó y lo miró en silencio le permitió darse cuenta súbitamente de cuál era la respuesta.

–Así que me habrías rechazado de todas formas porque no te bastaba con ser mi compañera de cama, sino que aspirabas a más... –dijo con expresión entre pensativa y sorprendida.

–¡No sé de qué estás hablando! –balbuceó Elizabeth, antes de aclararse la garganta para recuperar la voz–. Ha llegado la hora de que me mezcle con los invitados. Como sabes y aunque lo censures, James ha organizado esta fiesta para darme a conocer.

–Como quieras –dijo Andreas con una sonrisa de desdén.

Elizabeth lo miró en silencio, estremeciéndose al notar que exudaba una nueva seguridad derivada de lo que acababa de intuir certeramente sobre ella.

–¿Qué era lo que esperabas? –preguntó él, entornando los ojos.

–¡Nada!

–¿Esperabas una oferta de matrimonio? ¿Un anillo de compromiso? ¡Qué desilusión debiste de sentir! Reconozco que el sexo contigo era... fantástico, pero de ahí al matrimonio...

–¡No me casaría contigo ni aunque fueras el último hombre sobre la tierra! –dijo Elizabeth con fiereza–. Pero aciertas al decir que aspiro a más que a un simple revolcón.

–¿Y crees que Gilbert te va a ofrecer otra cosa? Londres es pequeño y conozco al menos a cuatro de sus últimas conquistas.

–Gracias, pero ya soy mayorcita y puedo asumir los riesgos que quiera. Además, he aprendido una importante lección de ti: que debo alejarme de los hombres arrogantes que se creen tan autónomos como para no necesitar nada de nadie –Elizabeth vio a Toby al otro lado del salón y le hizo un gesto con la mano–. Puede que Toby sea justo lo que necesito. En el fondo debería agradecer tu consejo. Me has hecho ver claro que lo que necesito es un poco de diversión con alguien que no se crea el mejor partido del mundo y cuyas novias no estén tan locas como para querer vengarse de mí.

# Capítulo 9

LA AIROSA salida de Elizabeth se vio ensombrecida por una leve vacilación al dar media vuelta, por lo que se juró no volver a usar tacones altos en su vida. Después de haber enumerado las virtudes de Toby, se vio en la obligación de ir en su busca. Lo encontró en un banco del jardín, fumando un cigarrillo.

–Lo sé, lo sé, debería dejarlo –dijo él, sonriendo–. ¿Has terminado la charla con el chico de oro? No parecía estar de muy buen humor, pero la verdad es que Andreas nunca se ha caracterizado por su simpatía.

Elizabeth tuvo que reprimir el impulso instintivo de salir en defensa de Andreas. Estaba convencida de que, si no lograba olvidar las facetas de su personalidad que la habían atrapado y que se había considerado privilegiada de descubrir en la intimidad, nunca lograría olvidarlo.

Toby dio una palmadita en el banco, a su lado, y ella se sentó. Cuando comentó que hacía un poco de frío, él le puso su chaqueta sobre los hombros, que ella aceptó titubeante. El primer paso que tenía que dar para apartar a Andreas de sus pensamientos era dejar de compararlo con los demás hombres, a los que, inevitablemente, encontraba inferiores. El segundo paso era mantener una actitud abierta. Eso no significaba que fuera a acostarse con cualquiera para conseguir que su corazón cicatrizara, sino que al menos debía salir del estado de hibernación en el que se había sumido. Quizá Toby no era el hombre de sus sueños ni lo encontraría en meses o incluso años, pero acabaría por encontrarlo.

Apenas fue consciente de que volvían al interior de la casa y que Toby le pasaba el brazo por los hombros, hasta que todo su cuerpo se puso en tensión al ver a Andreas en el otro lado del salón, cerca de la salida a la terraza. La brisa que entraba desde el jardín le revolvía suavemente el cabello mientras charlaba con James.

Andreas percibió que Elizabeth entraba aun antes de verla y su cerebro se quedó paralizado una fracción de segundo al observar la actitud posesiva con la que Gilbert la acompañaba. Cuando James le dijo que había invitado a unos cuantos jóvenes, él había imaginado a un grupo de hombres superficiales por los que Elizabeth no sentiría el menor interés. Pero empezaba a tener la molesta sospecha de que podía estar tan loca como para considerar a aquel cretino como un posible candidato.

Una parte de sí mismo intentó sentir una total indiferencia, diciéndose que nada ni nadie podía alterarlo y que estaba en pleno control de su vida; pero otra se sintió sumida en la más completa confusión, y luchó contra ella con la fuerza del instinto más básico de conservación.

No fue consciente de que esa batalla se libraba en su interior hasta que vio a Elizabeth ruborizarse y decirle algo al oído a Gilbert antes de dirigirse hacia ellos.

Elizabeth, plenamente consciente de que Andreas clavaba sus ojos en ella, lo ignoró abiertamente y comenzó a charlar con James sobre la fiesta. Al contrario de lo que hubiera hecho cualquier otra persona, Andreas, en lugar de darse por enterado de que lo excluía de la conversación se quedó con ellos, y Elizabeth ni siquiera necesitó mirarlo para imaginar que una sonrisa sarcástica le curvaba los labios mientras reflexionaba divertido sobre lo patética que resultaba una mujer en busca de un repuesto terapéutico.

La gente había empezado a mostrar interés por la comida, un exquisito bufé que se había montado en unas amplias carpas en el jardín. Elizabeth dio un beso a James y salió sin tan siquiera dignarse a mirar a Andreas.

Estaba orgullosa de sí misma por conseguir actuar como si Andreas no existiera cuando notó un golpecito en el hombro en el momento en el que se separaba de la mesa del bufé con un plato lleno. Ni siquiera necesitó volverse para saber de quién se trataba porque sólo conocía a una persona que invadiera su espacio personal sin la menor consideración.

–¿No deberías atender a tu elegido? –dijo él en tono ligero–. Puede que se distraiga con facilidad.

Andreas era consciente de que corría el riesgo de comportarse como un perdedor, que era como él habría descrito a un hombre incapaz de dejar en paz a una mujer. Pero lo cierto era que no podía actuar de otra manera. El estado de confusión parecía haberse asentado en su cabeza y no sabía cómo librarse de él porque era la primera vez en su vida que lo experimentaba.

Elizabeth tomó aire prometiéndose no dejar que

Andreas la afectara. De otra manea, sabía que en cuestión de segundos volvería a sentirse devastada emocionalmente, y estaba decidida a que aquella fiesta se convirtiera en el primer paso de un nuevo comienzo para ella.

–No es «mi elegido» –dijo–. Y en cualquier caso es un insulto que creas que la única manera que tengo de mantener el interés de un hombre es encerrándolo en una habitación y tirando la llave.

Andreas tuvo una vívida imagen de las cosas que él haría si pudiera encerrar a Elizabeth en una habitación, y la borró de su mente con un gesto de enfado. No podía humillarse hasta el punto de preguntarle si tenía la intención de salir con Gilbert. No lo haría.

–Debería charlar con los invitados, o James pensará que no lo estoy pasando bien –añadió Elizabeth, lanzándole una fría mirada al tiempo que se aproximaba a una de las mesas que se habían dispuesto en la carpa.

El comedor interior se había reservado para los mayores porque era más cómodo, lo que significaba que durante la siguiente hora como mínimo, Elizabeth tendría que moverse en el círculo de los jóvenes, a los que encontraba más agradables de lo que había esperado, pero con los que no tenía nada en común.

De reojo, vio que Andreas se había servido un plato y la buscaba con la mirada antes de dirigirse hacia ella, y perdió el apetito.

–Vengo a disculparme –dijo él a la vez que se sentaba y empezaba a comer.

Elizabeth se quedó tan sorprendida que tras unos segundos de desconcierto también probó la comida. Dot había organizado un magnífico catering en un tiempo récord y a pesar de la tensión que sentía, Elizabeth fue capaz de apreciar la deliciosa textura del salmón y la crujiente ensalada. Mucho menos agradable era el torbellino de sensaciones que sentía al tener a Andreas a su lado.

Él sirvió dos copas de vino. Los invitados, al verlos, pasaban de largo discretamente hacia otras mesas.

–Estás ahuyentando a la gente –masculló Elizabeth.

Estaba decidida a demostrarle que su presencia le resultaba molesta, pero su cuerpo pensaba de otra manera. Le bastaba con ver los dedos largos de Andreas romper un trozo de pan o rodear el mango del tenedor para sentir un aleteo en el estómago.

–Me alegro. No me gusta disculparme en público.

–¿Lo has hecho alguna vez?

–No. Y éste no es el momento de romper la norma.

Elizabeth hizo un esfuerzo para relajarse, intentando concentrarse en los aspectos de Andreas que la irritaban para contrarrestar la reacción inconsciente que despertaba en ella. Pero una cosa era la teoría y otra la práctica. Y en la práctica, sentía la boca seca, el pulso acelerado y un cosquilleo en los senos que la conducía en una dirección muy distinta.

–Reconozco que he sido un grosero al insinuar que estabas reuniendo una lista de posibles candidatos –Andreas se negaba a reducirlo a Gilbert.

–¿Posibles candidatos? ¡Qué estupidez! James se ha limitado a invitar a algunos jóvenes y los únicos que conocen son los hijos de sus amigos.

Elizabeth tuvo la tentación de mencionar que Toby era especial para demostrar a Andreas que podía olvidarlo con la misma facilidad que él a ella. Pero tenerlo tan cerca la incapacitaba para actuar sensatamente, y que le hubiera pedido perdón la había desarmado.

Andreas decidió callarse que James tenía una intención mucho menos altruista al elaborar la lista de invitados, y tomó nota mental de que hablaría con su padrino para que no cometiera la tontería de jugar a casamentero. Después de todo, se dijo, era lo menos que un caballero como él podía hacer por Elizabeth. Que no hubiera mencionado a Gilbert era una buena señal, aunque no lo fuera que a él le alegrara tanto.

–Da lo mismo –dijo, encogiéndose de hombros.

Apartó el plato y giró la silla para mirar de frente a Elizabeth. Su habilidad para dedicar el cien por cien de su atención a la persona con la que estaba hablando era uno de sus encantos, pero en aquel momento hizo que Elizabeth se pusiera alerta.

–El hecho es que quería disculparme por haber pensado lo peor de ti.

Elizabeth se quedó mirándolo con la boca abierta. Andreas le tomó la mano y jugueteó pausadamente con sus dedos. Por un instante ella sintió que se quedaba sin oxígeno, hasta que sus pulmones volvieron a funcionar y se dijo que era un gesto sin ningún significado, propio de un hombre que ya no sentía nada por ella y que podía hacerlo sin que su cuerpo reaccionara. Todo lo contrario que le estaba pasando a ella.

Andreas pudo sentir la reacción de Elizabeth como si un letrero de neón se hubiera iluminado en su frente, y le produjo una placentera satisfacción. La misma que sintió al acariciar sus dedos finos y largos, y recordar con plena nitidez la sensación de tenerla en sus brazos y de acariciar su piel de terciopelo. Debía de tratarse de un recuerdo guardado en algún lugar muy personal de su cerebro o suspendido en su corriente sanguínea, porque al mismo tiempo lo asaltó una acuciante necesidad de volver a sentir la plenitud que había experimentado a su lado.

No le bastaba con tomarle la mano en un gesto amistoso, sino que quería llevársela a su cuerpo para que le acariciara en el lugar que empezaba a dolerle físicamente. Quería sentir en sus dedos su dulce humedad, observar su rostro mientras ella se mecía sobre ellos, ver sus párpados caer pesadamente cuando encontraba el centro de su femineidad y comenzaba a acariciarlo, excitándola y gozando de su propia excitación al saber que la excitaba. Él le había enseñado eso, a sentirse cómoda con su cuerpo y a disfrutar de que él lo apreciara con su mirada y con sus palabras.

Como un maestro posesivo que se aferrara a su mejor alumna, Andreas apretó los dientes al darse cuenta de que todavía no quería ni podía dejarla marchar. Nunca había experimentado un deseo tan intenso. ¿Por qué si no había acudido a aquella fiesta cuando tenía tanto que hacer en Londres? A James no le había molestado que le dijera que no podría ir, y sin embargo, había acudido. ¿Por qué? Porque no podía dejarla ir. Le irritaba que ejerciera esa atracción sobre él cuando lo había humillado de todas las maneras posibles. Le había ocultado la verdad aun después de hacerse amantes, había reaccionado a la aparición de Amanda lanzándole todo tipo de acusaciones a las que él no había respondido porque no daba explicaciones a nadie. Pero ella, en lugar de respetar los límites, había actuado de una manera que no habría consentido en ninguna otra mujer. Y lo peor de todo, era que había rechazado su oferta de convertirse en su amante, golpeando su orgullo y su ego.

Por todo ello, Andreas sabía que no debía tener el menor problema en olvidarse de ella y volver con el tipo de mujeres a las que estaba acostumbrado, mujeres que no lo mantenían en vilo, que jamás cuestionaban su autoridad y a las que entusiasmaba cualquier muestra de generosidad que les hiciera. Isobel debía de haber sido la primera, pero no se había sentido ni remotamente atraído por ella, y la había borrado de su mente en el mismo momento en el que dio fin bruscamente a su cita.

Que James le contara que quería buscarle un novio a Elizabeth que le diera estabilidad debía de haber supuesto un alivio. Y sin embargo, había hecho el viaje en helicóptero alterado por todo tipo de emociones cuyo significado se negaba a analizar. La única explicación que encontraba lógica era que por primera vez en su vida no podía ejercer ningún control sobre su libido. La confusión y la presión en el pecho que sentía sólo podían deberse al poder de una atracción que todavía no había resuelto.

Soltó la mano de Elizabeth y se apoyó en el respaldo, satisfecho con la noción de que todavía la perturbaba. El leve temblor de sus dedos, la tensión en su cuerpo, el rubor de sus mejillas, eran pruebas palpables de ello.

—Reconozco que me enfadé al saber que nos habías engañado.

—Te lo expliqué.

—Lo sé, y no vale la pena remover el pasado. Hiciste lo que tenías que hacer y comprendo que llegaras a un punto en el que no pudieras rectificar.

Andreas se dio cuenta de que no mentía y sospechó que la había creído desde el principio aunque su tendencia a la desconfianza le hubiera impedido admitirlo.

Elizabeth dio un suspiro de alivio y entornó los párpados.

–¡No sabes cuánto significa para mí que digas eso! –susurró. Y al abrir los ojos sintió que se hundía en las profundidades de la intensa mirada de Andreas.

Al darse cuenta de que estaba deseando que volviera a tocarla, metió las manos bajo los muslos por temor a ser ella quien tomara la iniciativa. Sabía que Andreas había tenido que hacer un esfuerzo sobrehumano para tragarse su orgullo y decir lo que acababa de decir.

–No querría que mi presencia te incomodara –musitó Andreas con dulzura.

Elizabeth contuvo el aliento, sintiéndose la heroína de una novela romántica a punto de desvanecerse, y se preguntó cómo reaccionaría Andreas si le dijera que lo último que quería de él era que la hablara en aquel tono tan fraternal.

–No me incomoda –dijo con aparente calma, a pesar de que el corazón le latía a toda velocidad–. Y me alegra mucho que me creas. Sé que lo he explicado en más ocasiones, pero te prometo que no habría dicho nada si tu... novia...

–Exnovia. Con la que, por otro lado, ya había roto antes de acostarme contigo –Andreas estudió el rostro de Elizabeth, regocijándose al ver que sus mejillas volvían a teñirse de rubor.

–¿Por qué no me lo dijiste en el momento?

–No acostumbro a dar explicaciones –dijo Andreas, con un dramático encogimiento de hombros antes de dedicarle una sonrisa que la hizo estremecer–. Pero en este caso, creo que debo hacer una excepción. No me gustaría que creyeras que soy el tipo de hombre que se acuesta con más de una mujer a la vez. Para mí hacer el amor no es un asunto frívolo –Andreas se inclinó hacia delante, bajó el tono y continuó con voz ronca y sensual–. Y ya que estoy en ello, quiero que sepas que fuiste increíble, y que hay ocasiones en las que cierro los ojos y vuelvo a saborearte en mi lengua.

Se apoyó de nuevo en el respaldo sacudido por la verdad de lo que acababa de decir como si hubiera recibido una inyección de adrenalina.

–Pero supongo que nada de esto te importa ahora que debes concentrarte en pasarlo bien con los hombres que James ha invitado en tu honor –continuó, todavía resistiéndose a mencionar específicamente a Gilbert, quien, por otro lado, y dada la intensidad con la que Elizabeth lo observaba, dudaba que en aquel momento formara parte de sus pensamientos–. Porque supongo que lo estás pasando bien, ¿no?

Elizabeth tuvo que concentrarse en borrar las tórridas imágenes que Andreas había invocado para recuperar la voz. Finalmente, asintió con la cabeza y dijo:

–Me aturde un poco, pero sé que James lo ha hecho pensando en mí.

–Supongo que nunca habías asistido a una fiesta como ésta.

Andreas no pretendió ofenderla y Elizabeth se encontró charlando relajadamente con él sobre su infancia, las fiestas que su madre solía organizar y el empeño que ponía en compensar la ausencia de su padre. Sabía que estaba hablando demasiado, pero no podía evitarlo y, por otro lado, se sintió orgullosa de sí misma por ser capaz de comunicarse cuando en su interior temblaba como una hoja.

Los invitados iban ocupando las mesas para cenar mientras los camareros se ocupaban de rellenar las copas de vino. Pronto Elizabeth tendría que volver a ejercer de anfitriona para desconsuelo de Andreas, que, tras darse cuenta de que seguía deseándola con una intensidad que sólo disiparía volver a poseerla, habría querido disfrutar del placer de demostrarle que ni Gilbert ni ningún otro significaban nada para ella, antes de arrastrarla a su cama y satisfacer el deseo mutuo que los abrasaba.

Por otro lado, sabía que no tenía por qué tener prisa. Un sentimiento cálido de bienestar había sustituido al torbellino de frustrantes emociones que lo habían envenenado durante la semana anterior, y la inseguridad que se había adueñado de él al ver a Elizabeth con otros hombres se había disipado.

Como no soportaba sentirse desconcertado, redujo sus encontrados sentimientos a una situación básica y fácilmente solucionable: Elizabeth todavía lo deseaba y él a ella también. Y haber sido amantes era una ventaja. Miró a su alrededor y comprobar que Toby no estaba en las proximidades contribuyó a que se sintiera mucho mejor. Más aún cuando se dijo que quizá Elizabeth empezaba a arrepentirse de no haber aceptado su generosa oferta de acompañarlo a Londres. ¿Estaría haciendo comparaciones de las que él salía ganando? ¿Sería consciente de que, si se decidía a entregarse a alguien, él no tenía competencia posible?

Una vez más le sacudió la intensidad con la que deseaba que Elizabeth llegara a esa conclusión. Hasta aquel momento de su vida, el trabajo había sido lo único verdaderamente importante, y las mujeres habían ocupado un lugar secundario. Por primera vez se encontraba ansioso y anhelaba que llegara el instante en el que Elizabeth volviera a ser suya.

Incluso disfrutaba observándola mientras ejercía de anfitriona, tal y como había vuelto a hacer tras acabar de cenar. Aunque no había sido educada en aquel círculo social, era evidente que había ganado seguridad y que actuaba como si no hubiera hecho otra cosa en toda su vida.

Andreas permaneció sentado tras ahuyentar a varias mujeres, «viejas conocidas» que acudieron a su lado con la intención de darle conversación. Sus ojos no se apartaban de Elizabeth, que parecía encantada charlando con unos y con otros, de no haberla delatado un par de miradas furtivas al reloj.

En cierto momento, James se acercó con Dot del brazo y lo sacó de su ensimismamiento.

–¡Esta mujer no me deja en paz! –exclamó su padrino con su habitual tono cascarrabias–. Cree que, si no se ocupa de mí, puedo colapsar en cualquier momento.

Andreas notó, divertido, que James no parecía tener la menor intención de lograr que Dot lo soltara, y por un instante distrajo su atención de Elizabeth. Empezaba a hacerse tarde y algunos invitados se acercaban ya a despedirse con calurosas palabras de agradecimiento y prometiendo futuras visitas. La mayoría había acudido con sus coches, otros en taxi y, afortunadamente, nadie iba a quedarse a pasar la noche, gracias a que Dot había insistido en que James estaría cansado al día siguiente y no podría dedicar la mañana a socializar.

Para la una de la madrugada, James estaba ya acostado y la casa, prácticamente vacía. El servicio de limpieza contratado para la ocasión recogía los platos y vasos sucios.

Andreas habría podido detallar cada movimiento de Elizabeth: con quién había hablado y durante cuánto tiempo; la actitud cordial pero distante con la que se había despedido de Gilbert... Y en aquel momento la observaba mientras ayudaba a recoger, diciéndose que ésa era otra de las características que le gustaba de ella, el hecho de que no fuera una niña rica consentida.

Cuando volvió de un último viaje a la cocina, la estaba esperando y le bloqueó el paso. Elizabeth sintió una sacudida instantánea que reprimió a duras penas.

Andreas presentaba un aspecto inmaculado a pesar de que se había quitado la corbata y de que llevaba las mangas de la camisa dobladas. Ella en cambio, se sentía como la Cenicienta pasadas las doce de la noche.

–¿Nos tomamos una copa? –Andreas percibió con placer su prometedor nerviosismo.

–¡Pero si es casi la una y media! Ha sido un día muy largo –respondió ella.

–Y pareces encantada de que haya terminado.

–Así es –Elizabeth sintió que debía explicarse, y señalando a su alrededor y a su vestido, añadió–: No estoy acostumbrada a todo esto.

–¿Has pensado que todo forma parte de un plan de James para entretenerte? Vas a tener que acostumbrarte a los Tobys, los Ruperts y los Alexanders de Somerset –enumeró Andreas para no concentrarse en ninguno en particular.

Elizabeth lo miró alarmada.

–Sólo han venido por curiosidad –dijo, precipitadamente.

–Te has convertido en un gran partido –insistió Andreas–. A pesar de la crisis, James conserva su fortuna. Así que, si quieres que te deje en paz, vas a tener que decirlo claramente.

–Gracias, pero no necesito que cuides de mí.

Elizabeth necesitaba alejarse de su hipnótica presencia, pero los pies no la obedecían.

–Puede que no, pero sí debo cuidar del dinero de mi padrino. Y no puedo permitir que un banquero arruinado te seduzca a base de engaños.

–Ya veo. Así que o encierro a un hombre en una habitación para que se interese en mí, o soy tan estúpida como para no distinguir a un sinvergüenza de un hombre sincero. ¡Muchas gracias!

¿Cómo era posible que se dejara insultar de aquella manera y sus pies siguieran sin obedecerla?

–De nada.

En realidad Andreas sabía perfectamente que bajo aquella apariencia frágil había una mujer con una fuerte personalidad, pero no había podido resistirse a provocarla.

–En cualquier caso, espero que te tranquilice saber que le he dicho a James que no quiero ni un céntimo suyo. El lunes voy a buscar trabajo, y aunque no me mude inmediatamente, pienso contribuir al pago de la comida y de las facturas.

–Es una oferta muy honorable, pero dudo que James la acepte. Piensa que eres la hija que siempre quiso tener y ahora está deseando mimarte. Pero también puede que tema que te aburras y quieras volver a la ciudad.

–¿Y sugieres que para evitarlo va a intentar ennoviarme?

–Los hombres que has conocido esta noche trabajan en la ciudad, pero viven aquí, vinculados a las propiedades y a la tierra de sus padres –Andreas miró a la distancia en actitud distraída–. Tú verás lo que haces. De hecho antes has comentado que alguien como Toby podría resultarte divertido después de... lo nuestro.

–¡Yo no he dicho que no lo pasara bien contigo! –exclamó Elizabeth, avergonzándose al instante.

–Me tranquilizas –Andreas hizo una breve pausa. Aunque se sentía como si diera un paso adelante y dos atrás, estaba decidido a que fuera la propia Elizabeth la que, haciéndose consciente de cuánto lo deseaba, diera el paso definitivo–. Porque al final de nuestra relación, pensé que ya no te interesaba.

Al ver que Elizabeth inclinaba la cabeza, abatida, tuvo que resistir la tentación de tomarla en sus brazos y borrar su inquietud con un beso que la sacudiera de los pies a la cabeza. Le resultaba frustrante que cada vez que creía haber llegado al punto en el que retomaba el control, se daba cuenta de que lo perdía. Aquella noche había cenado con la turbadora certeza de que quería recuperar a Elizabeth. Pero... ¿para siempre? ¡Eso era inconcebible! No había ninguna mujer con la que pudiera permanecer indefinidamente.

–Es que no quería ir a Londres –dijo ella en un susurro.

–Lo comprendo –Andreas frunció el ceño porque ése era un tema en el que prefería no pensar.

–¿De verdad?

–De verdad. Lo cual no quiere decir que no fuera

un golpe a mi autoestima –Andreas dejó escapar una carcajada y se apoyó en la barandilla de la escalera con una arrebatadora sonrisa.

Elizabeth tuvo que apartar de su mente el recuerdo de lo maravilloso que había sido trabajar con él y experimentar en el sexo una pasión de la que no se sabía capaz.

–No creo que me consideres tan valiosa –dijo, haciendo un esfuerzo por sonar risueña mientras se preguntaba si habría alguna mujer capaz de afectarlo verdaderamente.

–¿Por qué? Puede que estés equivocada.

Elizabeth sintió que se quedaba sin aliento. No se sentía capaz de responder con las armas adecuadas a las caricias verbales de Andreas, que había bajado el tono hasta hablar en un seductor susurro. Sentía el pulso palpitándole en el cuello y se preguntó si Andreas podría verlo. Miró al suelo buscando inspiración, pero tenía la respiración entrecortada y, cuando volvió a levantar la cabeza, su mirada quedó atrapada en la de Andreas.

Sin ser consciente de lo que estaba haciendo, se inclinó hacia él. Tomándolo por el cuello de la camisa lo atrajo hacia sí, y como si fuera un naufrago probando la primera gota de agua dulce después de días a la deriva, entreabrió los labios y lo besó con una urgencia y una desesperación que la golpeó y la sanó a un tiempo.

Apretándose contra él, entreabrió las piernas para que el sexo endurecido de Andreas pudiera estimular el suyo a través de la fina tela de su vestido, sin que tan siquiera le importara que alguien pudiera verlos. Tampoco Andreas fue capaz de contenerse y, alzándole el vestido, introdujo sus dedos en su húmeda cueva, moviéndolos y buscando a ciegas su punto más sensible, que presionó y acarició hasta que Elizabeth gimió entrecortadamente. Entonces, a regañadientes, Andreas se detuvo y le estiró el vestido.

–Aquí no –dijo con voz ronca.

Y esas dos palabras bastaron para que Elizabeth recobrara la cordura súbitamente, diera un paso atrás y fuera consciente, horrorizada, de lo que acababa de hacer.

Sabía perfectamente que Andreas era un macho alfa que conseguía lo que quería, pero que pronto se aburría y lo abandonaba. Que le hubiera dicho que había dejado a Amanda antes de acostarse con ella no cambiaba su personalidad. A Andreas sólo le interesaba el sexo. No quería saber ni de amor ni de compromiso.

Además, se había molestado en ponerla sobre aviso sobre los hombres de la fiesta, y sobre Toby en particular, y en ese momento surgió en ella la sospecha de que lo había hecho porque todavía no estaba listo para dejarla ir.

Tal y como le había dicho él mismo en una ocasión, no había nada que le gustara más que un reto, preparar la estrategia y abalanzarse sobre su presa.

Y sólo ella era culpable de haberle dado la luz verde y de haber entreabierto con ello la puerta al dolor.

¿Qué demonios le estaba pasando? Sintió asco de sí misma al darse cuenta de que acababa de arrinconar su orgullo por unos segundos de pasión.

Separándose bruscamente de él, susurró:

–No puedo hacerlo.

Andreas intentó detenerla, pero ella sacudió el brazo.

–Deja de fingir que no sientes lo que sientes –dijo él.

–Y tú no pretendas que finja que no quiero más que eso.

–Creía que querías divertirte.

–Lo he dicho por decir –Elizabeth se obligó a mirarlo a la cara y, tomando aire, añadió–: Sabes que quiero mucho más, y no pienso acostarme contigo.

–¿Quieres decir que sólo lo harías si te pidiera que te casaras conmigo? Pues te aseguro que eso no va a pasar jamás.

Andreas no estaba dispuesto a dejarse chantajear. Ninguna adicción podía pagarse tan cara. Las adicciones se superaban. Él era invulnerable, y no pensaba escuchar ninguna voz en su interior que insinuara lo contrario. Nadie lo controlaría, ni siquiera una hechicera con ojos del color del mar y una sonrisa que lo volvía loco.

# Capítulo 10

ELIZABETH se cepilló el cabello, mirándose en el espejo con expresión distraída, tal y como había hecho a menudo en los últimos diez días. Ante la insistencia de James, había terminado por admitir que Andreas y ella habían tenido una «pequeña discusión». «Nada serio», le había asegurado, aunque había acabado diciendo de él que era «un insolente», y para evitar un interrogatorio había cambiado de tema, contándole que había conseguido un trabajo temporal en el departamento de administración de la escuela local, y la noticia consiguió el efecto deseado.

James le preguntó como en otras ocasiones cuáles eran sus planes a largo plazo e insistió en su preocupación de que la vida en Somerset le resultara aburrida y quisiera volver a Londres para vivir una vida más excitante, dejándolo de nuevo solo. Para él la solución ideal sería que conociera a un hombre de la zona o... Y entonces había concluido con ojos brillantes:

«También podrías ser mi ahijado. Estoy seguro de que, si tú lo dices, fue un insolente contigo. Pero estoy seguro de que podéis reconciliaros. No sabes lo maravilloso que sería que tú y Andreas...».

En ese preciso momento, Elizabeth había tomado un decisión radical. No tenía sentido esperar de Andreas lo que no quería dar. Su relación había acabado porque sus objetivos a la larga no podían ser más divergentes. No sabía si Andreas acabaría por sentar la cabeza, pero si llegaba a hacerlo, no sería con ella. Él mismo se lo había dejado saber con la brutalidad como para hacer añicos cualquier esperanza que ella hubiera podido albergar.

La humillación que había sufrido la había llevado a reflexionar profundamente. La primera de las conclusiones a las que había llegado era que, de no haberse dado una extraordinaria conjunción de casualidades, jamás habría sucedió nada entre ellos. Aunque sus caminos se hubieran cruzado, Andreas nunca se habría fijado en ella, porque los hombres como él sólo se fijaban en mujeres espectaculares. En todos los sentidos, era el hombre más complejo que había conocido, pero en lo relativo al sexo opuesto, era asombrosamente superficial.

Se había acostado con ella porque, comparada con su rutina habitual, le había resultado una novedad. Por su parte ella, como una tonta, se había entregado plenamente, desoyendo la voz interior que le advertía de su temerario comportamiento. Y por si llegaba a confundirse, Andreas había sentido la necesidad de dejarle claro lo evidente. Así que no tenía más salida que olvidarlo.

Pero para ello tampoco le servían los hombres que había conocido en la fiesta. Toby la había llamado al día siguiente de la fiesta, pero ella había rehusado con evasivas y él, galantemente, había captado la indirecta. Lo cierto era que Elizabeth se sentía la misma de siempre, y era consciente de que no encontraría la felicidad junto a un hombre de un círculo social en el que no se sentía cómoda.

Por eso se miraba al espejo con sentimientos encontrados. Se haría una trenza aunque no la hiciera sentir particularmente sexy. Por mucho que Andreas le hubiera hecho sentir lo contrario, en realidad no lo era. Como tampoco era el tipo de persona capaz de mantener una relación puramente física. Ella buscaba afecto y respeto, un hombre que se conformara con unos castos besos durante los primeros meses de relación y no esperara tener sexo hasta que llegaran a conocerse.

Si ese hombre era o no Tom Lloyd, un profesor que la había persuadido para tomar un café varios días atrás, no lo sabía. Pero era joven, amable y le resultaba agradable. Le había preguntado por su vida, mostrando interés aunque no había parecido especialmente impresionado por sus nuevos vínculos familiares. De hecho, habían charlado durante más de una hora y estaban a punto de encontrarse para comer.

Elizabeth tuvo que darse ánimos diciendo que pasaría un buen rato. ¿Qué otra opción le quedaba? Si se aislaba del mundo, acabaría siendo más vulnerable de lo que ya era. Quizá Tom fuera la medicina que necesitaba después de Andreas, y James terminaría aceptando que su enfado era injustificado.

«¡Por lo que dices debe de ser un pelmazo!», había gruñido aun antes de que ella terminara de hablarle de él.

Ni siquiera lo había aplacado que Tom fuera de Somerset. James había insistido en que «no le gustaba nada» y que «seguro que era un aburrido y un acomplejado», y que su hija no debía perder el tiempo con alguien así.

Lo peor de todo había sido que, cuando le había

preguntado si le gustaba de verdad, ella no había sido capaz de dar una respuesta decidida; se había ruborizado y había acabado balbuceando un sinsentido sobre la importancia en una relación de la unión espiritual, que había arrancado una carcajada de James.

Elizabeth se pasó los dedos bruscamente por el cabello, deshaciendo la trenza y dejando que le cayera por la espalda como una cortina de cobre. Se miró por última vez al espejo, tomó el bolso y fue a despedirse de su padre, que insistió en criticar a un hombre que ni siquiera conocía:

–Estás cometiendo un grave error –le gritó cuando ya salía.

Elizabeth no pudo evitar sonreír porque interpretaba sus comentarios como una demostración de cuánto se preocupaba por ella, y eso le producía una felicidad indescriptible.

Era evidente que debía de haber hecho elucubraciones sobre su relación con Andreas. Debía de haberlos observado mientras trabajaban juntos, les habría visto compartir bromas y quizá había percibido esa intangible intimidad que los amantes a veces transmitían sin ser conscientes de ello. En el momento, ella había creído que actuaban con una gran discreción, pero James era muy intuitivo. Por eso mismo tenía que demostrarle que, si es que había pasado algo entre ellos, estaba más que terminado. Y si no era Tom, sería otro hombre; alguien al que James rechazaría inicialmente y que no se parecería en nada a Andreas, porque sólo así ella podría conservar la cordura.

Tom la estaba esperando en el restaurante y Elizabeth le dedicó una cálida sonrisa porque era el tipo exacto de hombre en el que debía concentrarse. Alto, rubio, con ojos marrones de mirada amable y unas incipientes entradas. Ninguna mujer se volvería a mirarlo, pero tampoco los hombres se volverían por ella, así que estaban al mismo nivel.

Desde el otro extremo del restaurante, Andreas observó a Elizabeth sentarse y sonreír a su acompañante, y aunque vio que mantenía las manos en el regazo, Andreas se preguntó cuánto tardaría en alargarlas sobre la mesa en un gesto invitador. Su padrino no se había equivocado al llamarlo y advertirle que Elizabeth estaba viendo a alguien y que la cosa iba en serio.

«¿Y qué pretendes que haga?», le había preguntado él.

«Lo que te dé la gana», había respondido James, malhumorado. «Pero he preguntado por ahí y no creo que sea de fiar. Comprende que no quiera que mi hija caiga en manos de un cazafortunas».

«¿Eso es lo que crees de él?».

«Podría serlo. Haz el favor de ir a ver qué te parece. Han quedado en el restaurante del pueblo. Ahora debo irme a la cama. Estoy muy disgustado con todo esto y necesito descansar».

Andreas había sospechado del tono quejumbroso de su padrino, pero se había reclinado sobre el respaldo del asiento y, en lugar de intentar mantener la calma, había decidido ir directamente a Somerset, aprovechando la excusa que la insustancial acusación de su padrino le proporcionaba.

No tenía la menor intención de desaprovechar la inesperada oportunidad que se le presentaba, así que canceló todas las reuniones y se presentó en Somerset. Al llegar al restaurante había pedido una mesa en la parte de atrás, detrás de una gran planta a través de cuyas ramas había podido espiar la llegada de Elizabeth.

En aquel momento decidió ponerse en pie, dejó sobre la mesa la cantidad de dinero suficiente para pagar la ensalada que había dejado a medio terminar y las dos copas de vino que se había tomado ansiosamente.

Había observado que en la mesa de Elizabeth y de su amiguito sólo había agua mineral, lo que para él era significativo respecto al tipo de hombre con el que estaba tratando. ¿Quién invitaba a una mujer a comer y pedía agua en lugar vino?

Caminó hacia ellos con una seguridad que fue decreciendo a medida que se aproximaba porque Elizabeth estaba sentada de espaldas a él y no ver su rostro le impedía adelantar cuál sería su reacción. Tuvo que llegar junto a la mesa para que el hombre que la acompañaba dejara de hablar y alzara la mirada con expresión inquisitiva.

–¿Puedo servirle en algo?

–Creo que sí –dijo Andreas, rodeando la mesa hasta ponerse de frente a Elizabeth, que lo miró con expresión alarmada–. Necesito hablar con su acompañante, así que, si no le importa...

Elizabeth se recuperó de la sorpresa, pero su corazón siguió latiendo aceleradamente. James debía de haber avisado a Andreas y éste, una vez más, le demostraba que aunque no la quisiera tampoco podía soportar que fuera de otro. ¿Tan convencido estaba de poder romper sus defensas, tan insoportable se le hacía que lo hubiera rechazado? ¿Se habría convertido en un reto aún más tentador por haberlo rechazado hasta en dos ocasiones? La rabia fue creciendo en su interior, pero consiguió contenerla por no darle el gusto de montar una escena, y por temor a ahuyentar a Tom.

–A mí sí me importa –contestó ella por Tom, dedicando a éste una sonrisa–. Tom, éste es Andreas, el ahijado de mi padre. Me temo que para tener a uno, tengo que soportar al otro.

Andreas ignoró la provocación y, separando una de las sillas que quedaba libre, se sentó al tiempo que llamaba al camarero y pedía una botella de vino.

–¿Eres abstemio?

–Nunca bebo al mediodía –respondió Tom, levemente escandalizado–. Me produce dolor de cabeza.

–¿Qué quieres, Andreas? –intervino Elizabeth para evitar que la conversación acabara en una pelea. Empezaba a sospechar que cada vez que intentara retomar las riendas de su vida, Andreas volvería a aparecer y terminaría por doblegar su voluntad porque ningún otro hombre estaría jamás a su mismo nivel. Si no tenía cuidado, se arriesgaba a entrar en un círculo vicioso del que acabaría siendo esclava–. Puede que no lo hayas notado, pero estoy con un amigo –dijo con forzada seguridad–. Ya hablaremos más tarde.

–Tom –Andreas se sirvió una copa de vino–. De verdad que necesito hablar con Elizabeth privadamente –miró a ésta fijamente y entonces dijo algo que silenció su protesta–: Por favor.

Al notar un leve titubeo en su voz, Elizabeth se alarmó por primera vez.

–¿Qué sucede? –preguntó, angustiada cuando Tom finalmente se marchó–. Ha pasado algo malo, ¿verdad? No es propio de ti... –continuó, intentado imaginar cuál podía ser la mala noticia.

–¿El qué?

–Parecer tan inseguro, como si quisieras decir algo pero no te atrevieras –y eso sólo podía significar que le había pasado algo a James. Espontáneamente, Elizabeth, alargó la mano y entrelazó sus dedos con los de él. Andreas, al sentir su cálido tacto, se aferró a ella como un hombre a punto de ahogarse.

–Habría preferido tener esta conversación en otra parte –dijo.

–Dímelo. ¿Se trata de mi padre? ¿Qué ha pasado?

–James está bien. Él mismo me ha enviado por temor a que caigas en las manos equivocadas.

El alivio fue sustituido casi al instante por una nueva oleada de ira. Elizabeth intentó soltarse, pero Andreas la asió con fuerza.

–¡Qué estupidez!

–Eso mismo le he dicho yo.

–¡Me habías preocupado! ¡Andreas, tienes que dejar de boicotear mis esfuerzos por retomar mi vida! A Tom no le interesa mi dinero.

–Puede que no, pero eso no significa que te convenga. Aburrirte como una ostra te sentaría aún peor que estar conmigo.

–¡Así que ése es el problema! –Elizabeth liberó su mano y buscó el monedero en el bolso para pagar la botella de agua. ¡Andreas ni siquiera les había dado tiempo a ojear el menú!

De pronto, Tom adquirió la dimensión de una oportunidad perdida. Con ojos cargados de ira, se puso en pie y fue hacia la puerta, ruborizándose al notar los ojos de los demás clientes siguiéndola con curiosidad.

Andreas fue tras ella, consciente de que había actuado con torpeza y de que, si no tenía cuidado, se arriesgaba a perder a Elizabeth para siempre.

–¿Quién era ese tipo? –se oyó preguntar mientras seguía a Elizabeth, que caminaba a paso ligero hacia el aparcamiento.

–¿Para qué quieres saberlo? –Elizabeth evitó mirarlo porque sabía que una sola mirada bastaba para perder la confianza en sí misma–. ¿Has venido a advertirme que tenga cuidado con los hombres? ¿De verdad crees que vas a conseguir que me acueste contigo si ahuyentas a cualquiera que se acerque a mí?

–¡Sólo un tacaño invitaría a una mujer a agua!

–Puede ser –Elizabeth se giró sobre los talones y se enfrentó a él con los brazos en jarras–. Tan tacaño como un hombre al que le aterroriza una relación seria.

Andreas sintió pánico al pensar que iba a perder su oportunidad, que Elizabeth había llegado a un punto sin retorno. Los hombres como aquel Tom no tenían pánico a hablar del futuro, ni a hacer planes para el fin de semana, o para ir de vacaciones. Elizabeth no quería sólo sexo tórrido, sin ataduras, y quizá ya ni siquiera estaría abierta a una relación en la que le ofreciera un mayor compromiso.

–De todas formas, ¿a ti qué más te da? –preguntó ella.

–¡No soporto sentirme celoso!

Elizabeth miró a Andreas atónita y de inmediato asumió que bromeaba.

–¿Celoso? ¿Tú?

–Ríete si quieres –Andreas la miró desafiante–. No me avergüenzo de ello.

–¿Por qué ibas a estar celoso?

–No quiero tener aquí esta conversación.

Andreas fue hacia su coche y Elizabeth, dejándose dominar por la curiosidad, lo siguió.

–¿Por qué ibas a estar celoso? –volvió a preguntar en cuanto se sentaron.

Andreas se sentía al borde de un precipicio, y lo que era aún peor, como si no tuviera otra opción que saltar al vacío.

–No soporto imaginarte con otros hombres –dijo, encendiendo el motor y arrancando mecánicamente.

Elizabeth intentó apagar la esperanza que había prendido en su interior al oír decir a Andreas que estaba celoso, y se recordó que los celos y el amor no tenían por qué ir paralelos. Andreas la deseaba y su orgullo no aguantaba que hubiera roto ella. Pero en cuanto se le pasara el arrebato, perdería el interés. Para entonces, ella ya no sería capaz de concebir la vida sin él, y preferiría estar sola antes que buscar un hombre que no fuera más que un pobre reemplazo.

No. Había otros hombres y no pensaba renunciar a ellos. Tal vez no fuera Tom, pero algún día aparecería alguien que la haría feliz.

–¿Dónde vamos?

–No lo sé, pero por ahora no quiero ir a casa –dijo Andreas–. No quiero que James nos espíe.

–Yo ya he dicho todo lo que pienso decir.

–Pero yo no –Andreas detuvo el coche en un ensanchamiento del arcén, apagó el motor y se giró para mirar a Elizabeth de frente.

Se produjo un silencio cargado y opresivo durante el que Elizabeth intentó prepararse, en vano, para el ataque a sus sentidos que representaba estar tan cerca y en un espacio tan íntimo con Andreas. Su cerebro amenazaba con dejar de funcionar.

–Siento haber estropeado tu cita –se disculpó Andreas, confiando en que Elizabeth le diera algo más de

información. Al ver que lo miraba en silencio, añadió–: ¿Te la he estropeado?

Que a él aquel tipo le hubiera parecido un aburrido
no significaba que Elizabeth fuera de la misma opinión. Tal vez ella lo veía como un regalo del cielo después de un hombre que se había negado a plantearse
cualquier tipo de relación y que se resistía a hablar de
un futuro común.

El prolongado silencio de Elizabeth hizo que sintiera un sudor frío.

–De todas formas, no te convenía –se oyó decir.

–¿Quién te ha dado derecho a opinar? –exclamó
ella, indignada.

–¡Me perteneces!

Elizabeth dejó escapar una carcajada sarcástica.

–¿Estás hablando en serio? ¿Quién te crees que
eres?

Andreas se pasó las manos por el cabello con desesperación. Cada vez que la imaginaba con otro hombre se enfurecía de tal forma que perdía el control.

El enfado de Elizabeth se disipó súbitamente y fue
reemplazado por el desconcierto. No comprendía qué
pretendía Andreas o qué intentaba decir.

–No he sido sincero ni contigo ni conmigo mismo
–masculló él, finalmente–. ¿Cómo iba a saber que
enamorarse era como recibir un puñetazo en la boca
del estómago?

–¿Enamorarse? –repitió Elizabeth, incrédula.

–He salido con muchas mujeres y siempre he pensado que sabía lo que quería de la vida.

–¿Y qué era? –preguntó Elizabeth con cautela, por
temor a estropear el momento.

–Trabajar, por encima de cualquier cosa –dijo Andreas pensativo–. Como te conté en una ocasión, siempre he sido consciente de mis orígenes, y por eso he elegido ser independiente de James. Las mujeres no han sido más que un entretenimiento, algo que me proporcionaba el poder y el dinero.

–¿De verdad crees que es eso lo que las atrae?

Andreas se encogió de hombros.

–La verdad es que hasta que apareciste tú, ni siquiera me lo había planteado –dijo. Y Elizabeth sonrió por primera vez–. Inicialmente pensé que me gustabas porque tener una relación con una mujer de verdad representaba una novedad. Pero luego te pedí que te mudaras a vivir conmigo, y eso no lo había hecho jamás –soltó una carcajada y apartó la vista hacia la ventanilla antes de mirar fijamente a Elizabeth–. Cuando me rechazaste...

–Sabes que no quería ser tu amante. Además cuando descubrí lo de Amanda...

–Ni Amanda ni nadie han significado nada desde el momento en que te conocí, pero he tardado un poco en darme cuenta.

El rostro de Elizabeth se iluminó al comprender que la oferta de Andreas había implicado una profundidad en sus sentimientos de la que ni siquiera él había sido consciente en el momento.

–Cuando James me contó lo de la fiesta, no pude reprimir el impulso de venir –continuó Andreas–. Y fue entonces cuando decidí que tenía que hacer algo para recuperarte, pero que no debía precipitarme. Sin embargo, en cuanto James me ha llamado para decirme que estabas viendo a un hombre, he necesitado venir para comprobarlo por mí mismo. Como puedes ver, me estoy volviendo loco de celos.

Elizabeth sonrió de oreja a oreja.

–Nunca habría soñado con oírte decir algo así.

–Sinceramente, yo tampoco. Lo que demuestra que, por más que uno crea tenerlo todo planeado, el destino puede sorprenderlo en el momento más inesperado –Andreas la miró fijamente, resistiendo la tentación de acariciarle la mejilla–. No quiero pedirte que vengas a vivir conmigo. Quiero que nos casemos. Si sigo creyendo que voy a perderte, me voy a volver loco. Eso sí, tengo una condición.

Elizabeth se puso en guardia, pero la ternura con la que le sonrió Andreas hizo que se relajara.

–Tienes que decirme que me amas tanto como yo a ti –concluyó él.

–Ya sabes que sí –Elizabeth se inclinó y dejó escapar un suspiro al tiempo que lo besaba.

–¡Menos mal! –exclamó Andreas, estrechándola en sus brazos–. Nunca he hecho el amor en un coche, pero podríamos probarlo.

Sin separar sus labios de los de Andreas, Elizabeth rió y contuvo el aliento al sentir que la acariciaba por debajo de la ropa.

–¿Qué crees que pensará James? –preguntó ella, sintiendo que la piel le ardía allá donde él la tocaba.

–Yo creo –dijo Andreas, siguiendo con la exploración y antes de perder el hilo de sus propios pensamientos– que el viejo zorro estará encantado de acuerdo a sus planes.

# Bianca™

*Aquella noche con ella... traería consecuencias
nueve meses después*

El lujoso Ferrari desper-
taba miradas de curiosidad
en el tranquilo pueblecito inglés de Little Molting, pero
para la profesora Kelly Jen-
kins sólo significaba una cosa: Alexos Zagorakis había
vuelto a su vida.

Cuatro años antes, con el
ramo de novia en la mano,
Kelly supo que su guapísimo
prometido griego no iba a
reunirse con ella en el altar.

Ahora él había vuelto
para exigir lo que era suyo.

*Nueve meses
después...*

Sarah Morgan

# Acepte 2 de nuestras mejores novelas de amor GRATIS

## ¡Y reciba un regalo sorpresa!

# Deseo™

## Un amor de escándalo

### KATHERINE GARBERA

Nada más verla, el empresario Steven Devonshire supo que tenía que ser suya. Ainsley Patterson era la mujer con la que siempre había soñado. El trabajo los había unido y ambos sentían la misma necesidad de tener éxito. Pero no le iba a ser fácil ganarse a Ainsley; tras su maravilloso aspecto escondía una espina clavada desde hacía cinco años, cuando Steven la había entrevistado y él la había rechazado. Así que, si la deseaba, iba a tener que darle algo que no le había dado a ninguna mujer: su corazón.

*¿La tentaría con una oferta a la que ella no se pudiese resistir?*

# Bianca™

*Ella sabe que le debe a su marido, y a sí misma,
una segunda oportunidad*

Angie de Calvhos había hecho de corazón sus votos matrimoniales. Una pena que Roque, su marido, no hubiera sido igualmente sincero. Ella, que había esperado un matrimonio feliz, se encontró con una humillante separación publicada en todos los medios pocos meses después de la boda.

Ahora, por fin, había encontrado el valor para dejar de ser la esposa de Roque de Calvhos de una vez por todas. Pero había olvidado la poderosa atracción que sentía por su marido…

Una segunda
luna de miel

Michelle Reid